La revolución
es un sueño eterno

La revolución
es un sueño eterno

Andrés Rivera

ALFAGUARA LITERATURAS

LA REVOLUCIÓN ES UN SUEÑO ETERNO
© 1987, Andrés Rivera
© De esta edición:
1995, Aguilar, Altea, Taurus, Alfaguara, S.A.
Beazley 3860, 1437. Buenos Aires.

- Ediciones Santillana S.A.
  Carrera 13 N° 63-39, Piso 12. Bogotá.
- Santillana S.A. Juan Bravo 3860. 28006, Madrid.
- Santillana S.A., Avda San Felipe 731. Lima.
- Editorial Santillana S.A.
  4ta, entre 5ta y 6ta, transversal. Caracas 106. Caracas.
- Editorial Santillana Inc.
  P.O. Box 5462 Hato Rey, Puerto Rico, 00919.
- Santillana Publishing Company Inc.
  901 W. Walnut St., Compton, Ca. 90220-5109. USA.
- Ediciones Santillana S.A.(ROU)
  Boulevar España 2418, Bajo. Montevideo.
- Aguilar, Altea, Taurus, Alfaguara, S.A. de C.V.
  Av. Universidad 767, Col. del Valle
  México, 03100, D.F.
- Aguilar Chilena de Ediciones Ltda.
  Pedro de Valdivia 942. Santiago.

ISBN: 950-511-138-X
Cubierta
Diseño: Carlos Aguirre
Proyecto de Enric Satué

Impreso en México

*This edition is distributed in the United States
by Vintage Books, a division of Random House, Inc.,
New York, and in Canada by Random House
of Canada Limited, Toronto*

Indice

A Susana Fiorito

> "*Como todos aquellos que en cierto momento de su vida cambian de camino, me di vuelta a mirar lo que dejaba a mis espaldas. En aquella atmósfera borrosa de lluvia y de niebla todo parecía irreal.*"
>
> J. D. Perón, *Del poder al exilio*

> "*Todo es irreal, menos la Revolución.*"
>
> Lenin

Cuaderno 1

I

Escribo: un tumor me pudre la lengua. Y el tumor que la pudre me asesina con la perversa lentitud de un verdugo de pesadilla.

¿Yo escribí eso, aquí, en Buenos Aires, mientras oía llegar la lluvia, el invierno, la noche? Escribí: mi lengua se pudre. ¿Yo escribí eso, hoy, un día de junio, mientras oía llegar la lluvia, el invierno, la noche?

Y ahora escribo: me llamaron —¿importa cuándo?— el orador de la Revolución. Escribo: una risa larga y trastornada se enrosca en el vientre de quien fue llamado el orador de la Revolución. Escribo: mi boca no ríe. La podredumbre prohíbe, a mi boca, la risa.

Yo, Juan José Castelli, que escribí que un tumor me pudre la lengua, ¿sé, todavía, que una risa larga y trastornada cruje en mi vientre, que hoy es la noche de un día de junio, y que llueve, y que el invierno llega a las puertas de una ciudad que exterminó la utopía pero no su memoria?

II

*Si entabló comunicación o trato carnal con mu-
jeres. Si se entregó al vicio de bebidas fuertes o al juego, de modo que escandalizase a los pueblos.*

Soy un hombre casto y pudoroso, señores
jueces, hasta donde lo permite nuestra santa
religión católica. Y al describirme como hombre casto y pudoroso, sin ánimo de menoscabar
a ninguno de los aquí presentes, y aun a los
ausentes sin excusa, acepto, con humildad, pero
sin mengua de mi castidad y pudor, el castigo
que Dios —por uno de esos mandatos que los
mortales jamás descifrarán— infligió a Adán y a
sus lascivos y obscenos y abominables des-
cendientes.

(Ruego que, cuando aluda a los ausentes sin
excusa, se vea, en la alusión, a quienes execran,
virtuosamente, en los jacobinos, la nefasta y
aciaga pretensión de seducir a paisanos, indios
y negros esclavos —entendámosnos, señores jueces: la chusma— para que escarnezcan, derro-
quen y expropien a los que se enriquecieron, y,
al enriquecerse, enriquecieron a estos territo-
rios, sin apelar a la usura, el contrabando, la
prolija evasión de los impuestos, y otras sutile-
zas que, en no pocas oportunidades, e inexpli-

cablemente, la prensa responsable calificó como una exigencia de la libertad de mercado.)

Perdón, señores jueces: soy, como sabrán, propenso a la digresión. La digresión —como sabrán— es un componente, tal vez díscolo, acaso furtivo, de la retórica. Permítaseme que, perdonado, retorne a la irreprochable pertinencia de la pregunta que se me formuló.

No escapa al juicio de los aquí presentes o de los ausentes sin excusa, que la irreprochable pertinencia de la pregunta se vincula con el destino de las Provincias Unidas, como el cordón umbilical con el feto que crece en el vientre de la madre. Y si alguien de los aquí presentes o de los ausentes sin excusa supone lo contrario, recuerde que se me llamó, no importa cuándo, el orador de la Revolución. Y si fui llamado, no importa cuándo, el orador de la Revolución, y si a ese título, que me escandaliza y abochorna, se le agrega el de representante de la Primera Junta en el ejército que marchó al Alto Perú, ¿cómo no pensar que la desordenada o concupiscente o disipada conducta sexual que se le atribuye a quien se nombró representante de la Primera Junta en el ejército que marchó al Alto Perú, y a quien se llamó —no importa cuándo, en qué tiempos de desvarío y furioso libertinaje— el orador de la Revolución, pondría en peligro los bienes y los negocios, la tranquilidad, las siestas apacibles, la celebración de los noviazgos y bodas convenientes de quienes, con justicia y razón, sienten que la nostalgia de los días que antecedieron a la compadrada de Mayo les invade el alma?

Pero, señores jueces, ¿se puede conjeturar, como atinadamente podría hacerlo alguien de los aquí presentes o de los ausentes sin excusa, que el orador de la Revolución y el representante de la Primera Junta en el ejército del Alto Perú sea —o haya sido— un individuo lujurioso, desvelado por la perfección de las orgías, con niñas de corta edad, en su campamento de Laja, o inclinado a revolcarse con mulatas, indias, damas de inmaculado linaje o, por qué no, ovejas sarnosas y malolientes, todo ello dicho sin ánimo de ofensa a las reglas del buen gusto, a otras no menos periódicas, y a las abstinencias forzadas por la Naturaleza, de los aquí presentes o de los ausentes sin excusa?

Sí, señores jueces, la conjetura es posible, a poco que los aquí presentes o los ausentes sin excusa fuercen su imaginación y desechen por pueriles, obsecuentes, y también ambiguos, los testimonios del cirujano Carrasco —"nunca lo observé"—, del capitán Argerich —"no le observé vicio alguno"—, capitán García —"no ha caído en los defectos que se notan en la pregunta... Yo pude saberlo... viví con él en la misma casa"—, fray Cuesta —"no pudo ocultármelo por haberlo tratado íntimamente"—, general Balcarce —"viví con él, y nunca vi que su conducta pública se viese manchada por algunos de los defectos que plantea la pregunta"—, y de otros porteños —algunos de ellos, ateos— complacientes con las bajezas que se imputan a quien, hoy, todavía, les habla. (Desechen, desechen los aquí presentes o los ausentes sin excusa esos testimonios: los aquí presentes o los ausentes sin excusa saben, tanto o mejor que yo, que en toda esa maldita eternidad que comienza cuando uno penetra, con la ayuda de Dios, a las damas de inmaculado linaje, las damas de inmaculado linaje aúllan o gimen, y los aullidos o gemidos de las damas de inmaculado linaje —las mulatas y las indias callan, dato fisiológico que no requiere comprobación alguna—, sus corcoveos, su irrepetible vocabulario del placer, lo distraen a uno, le sustraen a uno, por su monótona puntualidad, la capacidad de discernir lo que es conveniente de lo que no lo es.)

¿Cómo, entonces, señores míos y jueces e investigadores, un vástago de familia cristiana, que honra a Nuestro Señor Jesucristo y a la Virgen María, nacido en Buenos Aires, benemérita ciudad en la que ése y cualquier hombre puede progresar —cosa que se reconoce más allá de las fronteras de este enajenable Virreinato—, y casarse y ser padre de cuantos hijos el Padre Celestial quiera darle, y proporcionarles, a esos hijos que el Padre Celestial le pudo dar en su infinita generosidad, un buen pasar y una educación que les haga reverenciar, en cada instante de sus vidas, los misterios de la Iglesia, cómo, decía, ese hombre iba a rebajarse a perpetrar aquello que se condenó en Sodoma y Gomorra?

Yo, Juan José Castelli, hijo del boticario o protomédico Angel Castelli, de origen veneciano, y María Josefa Villarino, meramente mujer, ingresé, niño aún, en el Colegio de San Carlos, y luego pasé cinco años de mi vida en los claustros del Colegio de Monserrat.

Déjenme que recuerde, señores míos y jueces o investigadores. Déjenme que recuerde la piedra de los claustros y la humedad que se deslizaba por la piedra de los claustros, y los cirios que titilaban a los pies de un Cristo de marfil, amarillento, doblado, pobrecito, sobre sí mismo, con esa mancha de sangre en el costado, los labios que parecían murmurar *Eli Eli ¿lama sabachtani?*, y sus párpados de marfil caídos sobre los ojos que conocieron el fulgor torturado del desierto, de la soledad, de la impotencia.

Déjenme que recuerde la escualidez del Cristo de marfil, amarillento, en los claustros del Colegio de Monserrat, y la difusa, blanquecina luz de los cirios, allá, entre las piedras de los claustros, en la muy docta ciudad de Córdoba, y los rezos que se iniciaban apenas la madrugada se insinuaba como un sudario helado en los ventanales de nuestras celdas. Déjenme que les recuerde a esos muchachitos frágiles, de rodillas en la piedra húmeda, brillosa y suave por el roce de las rodillas de incontables muchachitos frágiles, y a quienes el sudario helado de la madrugada les cortaba la nuca, y que año tras año, día tras día, noche tras noche, elevan sus cánticos, los ojos legañosos, al Sufriente, tiritando de frío o de sueño o de terror o de místico placer o de extenuación. Déjenme que les recuerde, sin ánimo de ofender al Hacedor y sus indescifrables mandatos, lo que nos crecía entre las piernas, a nosotros, muchachitos frágiles, hijos de familias cristianas, de pie o de rodillas en la piedra brillosa de los claustros, y suave, y corroída por la humedad. Recuerdo, sin ánimo de ofensa, y quizá con gratitud, los castigos que se descargaban sobre los muchachitos frágiles cuando sus cuerpos desoían los cotidianos y, a veces, crípticos mensajes que marcaban a la carne como fuente de toda aflicción, suciedad y congoja. Déjenme que les recuerde, y que recuerde, que los muchachitos frágiles volvían, noche a noche, a la intemperie de las celdas, y se entregaban —lo quisieran o no— a las delicias del sueño o a los espasmos de la pesadilla, y mojaban sus calzones antes de que el sudario helado de la madrugada les mordiese las nucas, antes de que sus confesores palpasen, amanecer tras amanecer, en los muslos de los muchachitos frágiles, la tibieza magra y terca de sus leches, y el éxtasis fugaz que de esas leches, muslos abajo, nacía; antes de que sus confesores los desnudasen y limpiasen las huellas del éxtasis, y golpearan, con varas, en la carne débil, las tentaciones del éxtasis.

Si recuerdan todo eso, como lo recuerda el acusado, y puesto que ustedes, señores jueces e investigadores, y el acusado, vienen de honorables familias católicas, y todo eso es un sabio capítulo incorporado a la historia de jueces y acusado, quizá les diga algo que uno de los muchachitos frágiles que se arrodillaba sobre la piedra brillosa y suave y corrompida por la humedad de los siglos, y alzaba los ojos legañosos hacia el

Cristo de marfil, amarillento, sea, hoy, el doctor
José Gaspar de Francia. Ese es un nombre o un
destino que los señores jueces leen con repro-
bación y desasosiego, y el acusado con cau-
telosa expectativa. Esas lecturas y otras, insidio-
sas o atroces o proféticas, ¿enfrentan al acusado
con sus jueces?

Yo, Juan José Castelli, reconozco que el rec-
tor del Colegio de Monserrat, luego de dibujar
la señal de la cruz sobre mi frente, luego de
acariciar, con sus manos sarmentosas, la estola
púrpura que me cubría el pecho, anotó, en su
libro privado, que mi corazón es docilísimo
—subraye docilísimo, señor escribano—, pero
fácil de pervertirse si tiene malos compañeros.
Subraye donde quiera, señor escribano: en malos compañeros o en fácil de pervertirse. Al representante de la Primera Junta en el ejército
del Alto Perú, al orador de la Revolución —que
es el hombre que no reniega de su corazón ni
de sus compañeros— le da lo mismo.

¿Es, acaso, un tribunal, espacio legitimado
por el poder, donde acusadores y reos, como si
no fueran acusadores y reos, como si no simbo-
lizaran, unos y otros, un mundo y otro, deben
dirimir qué es lo justo y qué lo arbitrario, qué
lo perverso y qué lo digno? Aseguro a los señores jueces e investigadores que sé algo de
procesos y sentencias, y que si no me río de las
generosas definiciones que mereció mi corazón, y de la facilidad con que antiguos camaradas de claustros y éxtasis y leches derramadas
podían pervertirme, y tampoco me río de al-

gunos tribunales —sin ánimo de ofender al aquí constituido y a los que, sin duda, seguirán constituyéndose— es porque tengo la boca lacerada, y porque la boca y la lengua laceradas me duelen cuando río y, además, boca y lengua exhalan una pestilencia que, si río, profanaría este augusto recinto de la ley.

Yo, Juan José Castelli, que partí de Córdoba con la señal de la cruz dibujada en mi frente, llegué a Chuquisaca montado en una mula. Y, como muchos otros, me doctoré en la Universidad de Charcas. Dije, hace unos segundos, que, por los caminos del Norte, llegué, montado en una mula, a Chuquisaca, el cuerpo frágil, todavía, los ojos y el corazón dóciles, todavía, a las indesmentidas enseñanzas de los vicarios de Cristo: un hombre —enseñan los indesmentidos vicarios de Cristo— no es igual a otro hombre, a menos que los dos sean ricos; y todos los seres vivientes son criaturas de Dios, salvo los negros, indios, judíos y bestias similares.

Lo que vio, por los caminos del Norte, un muchachito frágil, montado en una mula, lo vio —perdida para siempre la docilidad del corazón—, sobre la grupa de los pingos ajados de la guerra, el representante de la Primera Junta en el ejército del Alto Perú. Y el representante de la Primera Junta en el ejército del Alto Perú se preguntó, noche tras noche, día tras día, para qué sirve mirar lo que no se puede cambiar. Se lo preguntó hasta el instante en que los señores jueces e investigadores aquí presentes, y los ausentes con excusa, comenzaron a interrogarlo.

Hágase constar, donde sea, que el acusado tiene una respuesta para esa pregunta que ocupó los días y las noches del representante de la Primera Junta en el ejército del Alto Perú, con excepción del tiempo que prodigó en orgías que se le imputan con niñas de corta edad, mulatas, indias, damas de inmaculado linaje y, también, con ovejas sucias y sarnosas. Y es ésta: *La historia no nos dio la espalda: habla a nuestras espaldas.*

Hágase constar que el acusado no reconoce que esa respuesta sea incomprensible. Ni el muchachito frágil que, montado en una mula, llegó, dócil el corazón, a Chuquisaca, ni quien fue llamado —no importa qué día de otoño— el orador de la Revolución, ni el representante de la Primera Junta en el ejército del Alto Perú, ni el hombre que, hoy y aquí, comparece sin más armas que las palabras que expelen su boca y su lengua laceradas, son Dios.

III

Yo, ¿quién soy?

Yo, que me pregunto quién soy, miro mi mano, esta mano, y la pluma que sostiene esta mano, y la letra apretada y aún firme que traza, con la pluma, esta mano, en las hojas de un cuaderno de tapas rojas.

Miro la mesa en la que apoyé el cuaderno de tapas rojas, y miro, en la mesa, un tintero con base de piedra, y la vela, gruesa, que alumbra el cuaderno, la mesa y, creo, mi frente, mi boca y la mano que escribe. Y una silla vacía, del otro lado de la mesa, entre la vela y yo.

¿Qué soy? ¿Un actor que levanta sus ojos de un cuaderno de tapas rojas, y mira la transparente penumbra de una habitación sin ventanas, de techo alto, y que sugiere, desde ese escenario, al público que lo contempla, que el invierno llegó a la ciudad? (A la izquierda del escenario, un catre de soldado. A los pies del catre de soldado —para que yo no olvide, sea yo quien sea—, una manta color humo, limpia, doblada con prolijidad. En la cabecera del catre de soldado, enrollada, una capa azul, que huele a bosta y sangre. Entre la manta y la capa, un tablero de ajedrez: las treinta y dos piezas del juego son de peltre. El rey blanco y el rey negro parecen muy altos y muy encorvados, como si hubieran cargado un mundo sobre sus espaldas. Tienen cara, supongo, porque están encapuchados.)

¿Soy un actor que, mudo, mira, desde el escenario, al público que lo contempla, y se ríe? (Sea quien sea el que está en el escenario, no habla. Se ríe sin abrir la boca, sin mover la lengua, y la risa que le sacude el vientre suena como un cajón que se cierra). ¿De qué ríe el que está en el escenario, sea quien sea el que está en el escenario?

¿Soy un actor que escribe que se ríe de él y de las vidas que vivió: que se ríe de la historia —un escenario tan irreal como el que él, ahora, ocupa— y de los hombres que lo cruzan, de los papeles que encarnan y de los que renuncian a encarnar? ¿De las marionetas que proliferan, tenaces en el escenario de la historia, y que mastican ceniza? (Se ríe, sea quien sea el que se ríe, sin abrir la boca, sin mover la lengua, y la risa suena en su vientre como un cajón que se cierra: acaba de escribir marionetas, acaba de escribir, por segunda vez, escenario, y marionetas y escenario proponen una metáfora ultrajada por el uso y la trivialidad.)

¿Soy el público que contempla a un actor mudo, y que le devuelve, con las simetrías implacables de un espejo, sus representaciones; y que, sin embargo, a veces celebra la risa de viejo ventrílocuo que le emerge —espasmódica, sigilosa y fría— del centro del cuerpo?

Yo, ¿quién soy?

IV

Angela, por favor, deme zapallo. Puedo mas-
ticar zapallo. ¿Lee lo que escribí? Acerque la
vela. ¿Lee? ¿Sí? Zapallo, Angela. Y una empana-
da. Y vino. Un vaso de vino.

V

Castelli, sentado en un banco de escolar, mira, en el pupitre del banco de escolar, una pila de hojas en blanco, la cara absorta, los codos apoyados en el pupitre de escolar, y la cara absorta encajada entre las manos abiertas en v, y, debajo de la cara absorta, el cuerpo que enflaquece y la carne del cuerpo, escasa, que se repliega sobre los duros huesos del cuerpo y de las piernas, aún ágiles, aún vibrantes y nerviosas, enfundadas en las botas que se calzó una remota noche de mayo para deshacer un mazo de barajas españolas, no muy lejos de la sala en la que Viamonte, Luzuriaga, Montes de Oca, Basavilbaso, Valera, responden, circunspectos y rasurados, al interrogatorio de jueces e investigadores.

Si nuestra religión santa fue atacada en sus principales misterios por el libertinaje de ciertos individuos del ejército.

Deshizo, Castelli, con la displicente y ominosa arrogancia de un orillero, el mazo de barajas españolas que el virrey Cisneros abría, como un abanico, sobre la mesa de juego. Y Castelli, el pelo, la cara, la capa azul, que no huele a bosta y sangre, y las botas mojadas por la lluvia

de esa noche de mayo, miró, sobre la mesa de
juego, las dispersas barajas españolas. Rey. In-
fante. Oros. Bastos. Espadas. Ahí estaban, las
barajas españolas, dispersas sobre la mesa de
juego, y ahí se levantaba el virrey Cisneros, en
esa noche de mayo, el fuego del hogar a sus
espaldas, y sus ojos, en la larga cara rígida, miraron a Castelli. Miraron a Castelli, y a la noche de mayo que llovía; y a esa aldea atolondrada y réproba y pretenciosa en la que langui-
decía su cuerpo alto y rígido de soldado, y a los
blandos y ubicuos cortesanos que manipularon,
en Madrid, su exilio no en el esplendor del
trópico, no en la adustez imperial de Lima, no
en el México cantado por cojos, ciegos y man-
cos, para fascinación de los parroquianos de las
tabernas de Castilla, sino en esa aldea, la más
atolondrada, pretenciosa e inmunda aldea de
las colonias.

Y después, Cisneros, alto y rígido, que envejecía en la más atolondrada, réproba, pretenciosa e inmunda aldea de las colonias, y en la
que olvidaba las guerras en las que su cuerpo,
alto y rígido, se derrochó al grito de *Cierra
Santiago*, oyó la voz de un individuo, magro de
carnes, envuelto en una capa azul, y el pelo, y
la cara absorta como la de un poseído, salpi-
cados por la lluvia. Y él, Cisneros, el soldado
que envejecía en la más atolondrada, pretenciosa e inmunda aldea de las colonias, y que
olvidaba, en el sopor letal del exilio, las guerras
y las mujeres en las que derrochó su cuerpo,
supo que esa voz, la voz susurrante y glacial del

tipo con la cara absorta como la de un poseído *Si la fidelidad a nuestro soberano, el rey Don Fernando VII, fue atacada procurando introducir el sistema de libertad, igualdad, fraternidad,* era, allí, en esa noche de mayo, en esa pieza entibiada por los fuegos del hogar, el eco insano de los tambores, los códigos, las proclamas, los cañones con los que un casual aventurero corso despertaba, en Europa, a la plebe y a sus oscuros y bestiales instintos, y encendía la imaginación depredatoria de jovencitos melenudos, crispados recitadores de versos y proverbios.

Y Cisneros oyó, en esa noche de mayo, en esa pieza entibiada por los fuegos del hogar, a ese individuo, cuyo nombre no alcanzó a retener, quizá porque esa noche de mayo fue muy larga, y él abusó del coñac, decirle, la voz como si estuviera adormecida, como si llegase a él despojada de las impregnaciones del despecho, el odio, la revancha, que todo terminó, que entregase el poder o lo que fuese que simbolizara en su cuerpo alto y rígido, y que la Francia napoleónica, dueña de España, deja a España sin rey, y a América del Sur dueña de sí misma, y que él era, apenas, un viejo cuerpo exiliado en una aldea réproba e inmunda que afilaba, desde esa noche de mayo, los cuchillos del degüello. Quizá dijo eso la voz como adormecida, como si en la cara del poseído, salpicada por la lluvia —escribe Castelli en un cuaderno de tapas rojas—, no se moviesen los labios, como si las palabras atravesaran los labios del poseído sin las agitaciones y los desfallecimientos del dis-

curso, como si alguien soñara, en el silencio del
sueño, la murmuración queda y glacial. Quizá
eso quiso escuchar el cuerpo alto y rígido de
Cisneros, los ojos en un desbaratado mazo de barajas españolas. O quizá fuera eso lo que vio.

*(Hable, Castelli, por nosotros, le dijeron, en esa
noche de mayo, sus camaradas, y otros, ahora lo
sabe, que iban a morir, y que él, Castelli, nunca
conocería.)*

Deshizo, usted, mi solitario, y Cisneros que
olvidaba, en el sopor letal del exilio, las guerras
y las mujeres en las que derrochó el cuerpo,
sonrió. Hubo una mueca en la larga cara rígida
e impasible de Cisneros, y un destello como de
regocijo en los ojos que miraron las dispersas
barajas españolas en la mesa de juego. Y Cisneros, que olvidaba y sonreía, habló:

Usted, señor, y yo, coincidimos, por decirlo
así, en esa paradoja que es Napoleón. Es curio-
so y perturbador que, usted y yo, coincidamos.

Todo terminó, repitió Castelli, como si el
cuerpo del cual emanaba la voz murmurante y
glacial se negara a creer en la armonía, la lite-
ralidad, la lógica de las palabras que emitía, la
impredecible realidad que cargaban, las depravaciones a las que estaban expuestas, las expur-
gaciones a las que serían condenadas.

Todo empieza, dijo Cisneros. Y mientras sus
manos grandes y flacas recogían las barajas
españolas dispersas en la mesa de juego, se preguntó, distraído, en qué guerras y con cuáles
mujeres derrochó su cuerpo. ¿Contra los sarra-
cenos? ¿Contra los mercenarios suizos? ¿Contra

los piratas ingleses? ¿En los prostíbulos de
Andalucía, donde las putas ocultan sus hemo-
rroides clavándose una rosa blanca en el culo?
¿En una salvaje condesa romana o en una beata
monja portuguesa? ¿En una salvaje monja portuguesa? ¿O en una beata condesa romana?

Castelli, sentado en un banco de escolar, los
codos apoyados en el pupitre del banco de escolar en el que está sentado, la cara apoyada en
las manos abiertas en v, mira las hojas en blanco apiladas en la tabla del pupitre, mira a sus jueces, y al Cristo de plata, colgado sobre la cabeza
de sus jueces, en una pared alta y blanca, y mira
a los testigos que dicen llamarse Viamonte,
Luzuriaga, Montes de Oca, Basavilbaso, Valera,
y a sus uniformes con vivos de color carmesí y
botones dorados, y a los labios que se mueven
en las caras rasuradas de los testigos, y mira, en
la luz plomiza que atraviesa los ventanales de la
sala, las respuestas circunspectas de los testigos.
Y, entonces, sabe.

Si el doctor Castelli supo de esto o lo pudo saber.

Castelli sabe, ahora, sentado en un banco de
escolar, ahora que vuelve a mirar las hojas en
blanco apiladas entre sus codos apoyados en el
pupitre de un banco de escolar, que esa remota
noche de mayo y de lluvia habló, con una voz
glacial y como adormecida, por sus camaradas,
que esperaban armados de cuchillos, pistolas y
bayonetas, a que él saliera de la habitación en la
que un soldado rígido y envejecido, que sim-
bolizaba tres siglos de poder, o lo que fuese, en
la más apestosa y presumida aldea de América

del Sur, desplegaba, en abanico, un mazo de barajas españolas, y les dijera que eran hombres y no cosas, y que sus sueños, la inasible belleza de sus sueños, sería el pan que comerían en los días por llegar.

Pero él, Castelli, les dijo, en esa remota noche de mayo y de lluvia, la voz glacial y adormecida, e impregnada de odio, de revancha y de presagios:

Suban, y tírenlo por la ventana.

Sus camaradas, que nunca volverían a ser tan jóvenes como en esa remota noche de mayo y de lluvia, y que nunca llevarían tan lejos una apuesta de vida o muerte como en esa remota noche de mayo y de lluvia, dijeron, después que la voz de él, Castelli, era, apenas, un susurro, si es que les susurró algo esa noche de mayo y de lluvia, y si les susurró algo, fue:

Vámonos a casa: nos hace falta un trago de caña.

Castelli, que mira la pila de hojas en blanco que yace en el pupitre de su asiento de escolar, sabe, ahora, que habló por los que no lo escucharon, y por los otros, que no conoció, y que murieron por haberlo escuchado.

Castelli sabe, ahora, que el poder no se deshace con un desplante de orillero. Y que los sueños que omiten la sangre son de inasible belleza.

VI *está recordando que ocurre en el alta Peru*

Castelli mira las hojas en blanco, apiladas en su pupitre de escolar, y cree escuchar que le preguntan a Viamonte, Luzuriaga, Montes de Oca, Basavilbaso, Valera, como si nunca, antes, les hubieran preguntado, a uno por uno, con parsimoniosa contrición, si él, Castelli, *entabló comunicación o trato carnal con mujeres*, y cree escuchar, una por una, las respuestas circunspectas de Viamonte, Luzuriaga, Montes de Oca, Basavilbaso, Valera, como si nunca, antes, hubieran respondido, rasurados y circunspectos.

Castelli mira las hojas en blanco y escribe, en una tras otra de las hojas apiladas sobre su pupitre de escolar, con una letra apretada y aún firme:

¿Desean que el hombre al que se llamó —acaso para escandalizarlo y abochornarlo— el orador de la Revolución, se levante y cuente, a los aquí presentes y a los ausentes sin excusa, las historias que, en voz baja, circulan por las capillas privadas de comerciantes y estancieros, por los salones donde reciben las esposas de comerciantes y estancieros, por la Recova, que frecuentan miserables y desheredados, acerca de los jueces de un hombre al que se llamó —no

importa cuándo— el orador de la Revolución?
¿Que traiga aquí, para presentes y ausentes sin
excusa, lo que se sabe, sea en la capilla privada
o en el mercado de esclavos, de los putos y
putas que pasan por las camas de los que preguntan *si nuestra religión fue atacada en sus principales misterios?* ¿No son ustedes, señores Osuna, Mendizábal, Narvaja, Escalante, a quienes
vio el así llamado —no importa por qué— orador de la Revolución, allá, en el Norte, vestidos,
los más, de negro, durante la Semana Santa,
con luces o faroles y linternas en las manos, en
cuadros de a cuatro en fondo, y dentro del
cuadro, el señor Francisco Osuna, por nombrar
a un vecino expectable y respetuoso de los misterios de nuestra religión, enmascarado, desnudo de la cintura para arriba, y la parte de
abajo, las partes pudendas del señor Francisco
Osuna, cubiertas con una muselina manchada
de sangre, y grillos en los pies del muy señor
Francisco Osuna, y el paso del muy señor Francisco Osuna, entorpecido por los grillos, como
el de un borracho, y dentro del cuadro de cuatro en fondo, los muy señores Mendizábal, Narvaja y Escalante, también respetuosos de los
misterios de nuestra religión, uno con una es-
ponja empapada en vinagre, otro con una pa-
langana que rebosa vinagre, otro con un látigo
que arrastra por el suelo, y el muy señor Francisco Osuna que, desnudo de la cintura para
arriba, se azota la espalda, y cuando no puede
azotarse, cuando finge que le falta el ánimo, o
cuando no finge que le falta el ánimo, lo azota

el muy señor Escalante, que arrastra el látigo por el suelo y, entonces, sólo se escucha, en la negra noche de Semana Santa, los gemidos del flagelante y del flagelado?

Se lo azota al muy señor Francisco Osuna, que se tambalea por las calles de piedra de la ciudad monacal, entre las sombras de la negra noche de Semana Santa y las sesenta iglesias de la ciudad monacal, hasta que cae de rodillas, gimiente, ante la hornacina en la que relumbra, pura, en la negra noche de Semana Santa, la imagen de la Virgen María, *yo te saludo, madre de Dios, ruega por nosotros, pecadores, ahora y en la hora de nuestra muerte. Amén.*

Y al muy señor Francisco Osuna, en la negra noche de Semana Santa, se le atan los brazos a los maderos de una cruz, *Dios te salve, María, llena eres de gracia,* y engrillado, se arrastra, imaginen cómo, en la negra noche de Semana Santa, por las calles de piedra de la ciudad de sesenta iglesias, y clama al Cielo que el látigo limpie su carne de pecado, *el Señor es contigo, bendita tú eres entre todas las mujeres,* un freno de hierro en la boca que clama, que el muy señor Escalante sujeta con una mano, mientras que, con la otra, alza el látigo y lo descarga en la carne pecadora, *bendito es el fruto de tu vientre, Jesús.*

Y cuando la negra noche de Semana Santa termina, cuando la madrugada esparce sus fríos por las calles de piedra de la ciudad monacal, se rezan, en las iglesias de piedra y plata de la ciudad monacal, cien misas por el alma de los penitentes. *Ahora y en la hora de nuestra muerte. Amén.*

Castelli, que es uno de ustedes, señores jueces, y que no tiene el corazón dócil, admite que una risa de horror y asco se levantó en el ejército del Alto Perú a la vista de los *principales misterios de nuestra religión santa*, y que esa risa chambona ilustraba la perplejidad del ejército del Alto Perú. Esa perplejidad, que abrumaba al ejército del Alto Perú, no se interrogó qué satisfacían los castigos, las letanías y los rezos en las ciudades de piedra y plata del Alto Perú, en los rancheríos del litoral, centro y sur del país, y en las casas porteñas y en las almas de los aquí presentes y de los ausentes sin excusa, qué enseñanza descendía, para Amo y Esclavo, del látigo, el freno, el vinagre, la liturgia hispanoamericana de la Semana Santa.

El que fuera representante de la Primera Junta en el ejército del Alto Perú admite que compartió la perplejidad de los soldados bajo su control, y se reprocha su soberbia y despreciable fatuidad, al volver la mirada a los inicios de una guerra de hispanoamericanos contra hispanoamericanos, por no divulgar entre jefes, oficiales y tropa bajo su control la más espléndida máxima de San Agustín: *La misión de la Iglesia no es liberar a los esclavos, sino hacerlos buenos.*

El acusado ruega al señor escribano haga constar que menospreció la más espléndida enseñanza de San Agustín, y que, sin embargo, tiene la pretensión que sabe fatua y soberbia, de defender la verdad. La suya al menos. Hágase constar, donde sea, que el acusado procla-

mó, desde las gradas de Kalassassaya, en Tiahuanaco, la libertad del indio, cumpliendo órdenes
que recibió de la Primera Junta. Hágase constar
que los señores mineros y los señores enco-
menderos por merced real, que cobran tributo
de por vida a los indios, y que se flagelan en la
negra noche de Semana Santa, en las calles de
piedra de ciudades de piedra y plata, deplo-
raron la abrupta manumisión del indio, y el
señor obispo Lasanta, que habló por esa cau-
dalosa aristocracia, dijo que el doctor Castelli y
sus compañeros son malditos del Eterno Padre,
del Hijo y del Espíritu Santo.

El doctor Castelli, en su nombre, y en el de
sus compañeros, ausentes con excusa, ruega se
haga constar que él y sus compañeros soportan
la maldición de la Santísima Trinidad con la
misma resignación que el trigo acepta, molido,
volverse harina; la harina, pan; el pan, alimento
de viejos y jóvenes, mujeres y chicos; y el alimento, materia excremencial.

El acusado, que vio a sus jueces orar a la madre de Dios, y flagelarse, crucificados, y morder
el polvo de una ciudad que no es Jerusalén, las
bocas rayadas por el freno, ruega se haga constar que se abstiene de preguntar qué bocas
besaban las bocas rayadas por el freno y qué
dulces depravaciones ocurren en las camas
porteñas de los que, en el Norte, se flagelan y
oran, crucificados, a la madre de Dios.

¿Desean, tal vez, los señores jueces, que el
que fuera representante de la Primera Junta en
el ejército del Alto Perú revele el misterio de

~~penrano~~

ese nocturno rito penitencial, de esa exaspera-
da escenificación del Calvario?

Castelli cree escuchar que le preguntan si
tiene algo que agregar al testimonio de los
señores Viamonte, Luzuriaga, Montes de Oca,
Basavilbaso y Valera. Castelli, que se pone de
pie, el cuerpo envuelto en una capa azul que
huele a bosta y sangre, y las piernas enfundadas
en las botas que se calzó una remota noche de
mayo para deshacer un mazo de barajas españolas, mira la pila de hojas en blanco que yace
sobre su pupitre de escolar, y mueve la cabeza,
de izquierda a derecha, la boca muda, para que
se sepa que dice no.

nad a reaccion adversa

quiere formar aristocracia?

estructura de ideologica people in church wanted to continue esclavitud

VII

—Usted puede hablar —dice el doctor Cufré—.
El arte de curar sabe poco del hombre y de sus
males. El arte de curar sabe que el hombre es el
signo abstracto de la salud y la fuente inago-
table de la enfermedad. Eso sabe. Y es muy
poco. Nada, casi.

El doctor Cufré es un hombre joven y alto, y
algo impaciente. En Suipacha, Potosí y Huaqui
extrajo plomo y metralla del cuerpo de porteños, negros e indios y, sin reparar en grados y
apellidos, les cortaba los lamentos con una risa
estrepitosa y salvaje: No se queje, paisano, que
la patria lo premiará.

Pero sentado frente a Castelli, en una pieza
sin ventanas, habla con una calma desesperada
de la salud del hombre, de las penitencias que
el hombre inflige a su cuerpo, y de la casi infinita ignorancia en el arte de curar.

—Fúmese un cigarro, doctor —escribe Castelli.

Cufré acerca la vela, gruesa, al centro de la
mesa y lee, en un cuaderno abierto, la invi-
tación de Castelli. Castelli abre un cajón de la
mesa y empuja una caja chata hacia Cufré. Cufré levanta la tapa de la caja chata y saca un
cigarro. Lo enciende en la llama de la vela.

—Usted puede hablar, doctor Castelli —y el humo del cigarro sube hasta el techo de la habitación en penumbras—. Como si estuviera ronco. O con dolor. O como si gruñera. Pero usted puede hablar.

—No —escribe Castelli.

Cufré, el cigarro entre los dientes, las manos que cortaron brazos y piernas en Suipacha, Potosí y Huaqui, aferradas al borde de la mesa, lee, en el cuaderno abierto, la letra apretada y firme de Castelli.

—Sí —y Cufré se levanta de su silla, y la sombra alta de Cufré quiebra la penumbra de la habitación.

—Para qué —escribe Castelli.

Cufré mira, en el catre de soldado, las treinta y dos piezas de ajedrez, y mueve, en el tablero, un peón blanco. P4R. Luego, lo vuelve a la línea de peones blancos. Mira, en su mano, el cigarro, y la brasa del cigarro, y pregunta:

—¿Me lo pregunta, doctor Castelli?

—Sí —escribe Castelli.

—Para no engañarse —dice Cufré.

—No me engaño —escribe Castelli—. Y no hablo.

—Buen cigarro —dice Cufré, de pie, las manos en la espalda, con la ociosa serenidad de un dandy.

—Cuba —escribe Castelli.

—¿Por qué no habla, doctor Castelli? —pregunta Cufré, que da la espalda al tablero de ajedrez, que moja, con la lengua, la punta del cigarro, y que mira a Castelli.

—¿A quién hablar? —escribe Castelli—. ¿A quién es útil, hoy, la palabra de Castelli?

—No me lo pregunte a mí. Soy un cirujano. Y las almas no se operan —dice Cufré, el cigarro entre los dientes, como si, de pronto, le hastiaran sus propias palabras, la casi infinita ignorancia del arte de curar, la obstinación del hombre que, del otro lado de la mesa, escribe en un cuaderno abierto, la ira glacial que encierra la mudez del hombre sentado del otro lado de la mesa, y la sospecha de que el hombre sentado del otro lado de la mesa, que no tiene piedad de sí, se la exige a él, cuyo bisturí no opera almas.

—Tire la ceniza ahí, por favor —escribe Castelli, y desliza, en dirección a Cufré, una taza que contiene pequeños trozos de galleta ensopados en té con leche.

Cufré sonríe y golpea el cigarro en el borde de la taza que contiene pequeños trozos de galleta ensopados en té con leche.

—Habrá que operar —dice Cufré, calmo, sin aspereza, sin hastío, con una piedad casi tan infinita como la ignorancia en el arte de curar.

—De acuerdo —escribe Castelli.

—Si yo lo opero —dice Cufré—, le cortaré la lengua tan lejos como crea que el tumor haya llegado.

—De acuerdo —escribe Castelli—. ¿Y después?

—¿Quiere saberlo? —pregunta Cufré, calmo, paciente, laxo, sentado frente a Castelli.

—Sí —escribe Castelli.

—Gruñirá y será difícil entenderlo —dice Cufré.

—Bien —escribe Castelli—. ¿Y después?

—Vivirá algún tiempo —dice Cufré, calmo, con la voz ganada por una paciente calidez.

—Dígame cuánto tiempo —escribe Castelli.

—¿Quiere saberlo? —pregunta Cufré.

—Soy Castelli —escribe Castelli.

—Oh, claro —dice Cufré, y ríe suavemente.

—Perdón —escribe Castelli—. Tengo que poner mis papeles en orden.

—Ponga sus papeles en orden lo más pronto que pueda —y Cufré, detestándose, detestando al hombre que lo escucha, impávido, del otro lado de la mesa, apaga la brasa de su cigarro en la taza que contiene pequeños trozos de galleta ensopados en té con leche.

Castelli deja la pluma sobre el cuaderno abierto y mueve la lengua, despacio, en la boca podrida, y la lengua choca contra el paladar, y Castelli se escucha hablar, escucha su voz —gangosa y torpe y lenta— que enlaza una palabra con otra:

—Créame, doctor Cufré: no hay dos Castelli.

VIII

Ríase, ríase, Angela. Así se reía su madre cuando la conocí. ¿Castelli le parece un viejito ensopando la galleta en el té con leche? Ese mozo, el doctor Cufré, dice que tengo el vigor y el pulso de un muchacho de veinte años.

Angela, ¿qué haría Castelli sin usted?

IX

Siento frío en los dientes. ¿Qué se enfría antes de que el cuerpo deje de ser el infierno privado que uno ama, no importa las abominaciones que, a uno, el cuerpo le impone? ¿La sangre? ¿Los pies?

Se me enfrían los dientes, coma lo que coma. Cago pus.

Voy a morir. Y no quiero. NO QUIERO MORIR, escribe Castelli con letras mayúsculas. No quiero, escribe Castelli, en una pieza sin ventanas, su cuerpo que dispara palabras contra la soledad que se termina.

Sálvenme, compañeros, escribe Castelli, solo en la penumbra de esa pieza en la que se encerró para no oír la risa de los que festejan su derrota. Compañeros, sálvenme.

¿Por qué yo?, escribe Castelli. ¿Por qué tan temprano? ¿Qué pago? Todos mueren: el rey y sus bufones, el amo y el esclavo: alguien dijo eso, borracho, una noche de verano. No así, escribe Castelli. No solo. No rendido aún a la fatiga de vivir. No objeto de la risa y la piedad de los otros.

No planté un árbol, no escribí un libro, escribe Castelli. Sólo hablé. ¿Dónde están mis palabras? No escribí un libro, no planté un árbol: sólo hablé. Y maté.

Castelli se pregunta dónde están sus palabras, qué quedó de ellas. La revolución —escribe Castelli, ahora, ahora que le falta tiempo para poner en orden sus papeles y responderse— se hace con palabras. Con muerte. Y se pierde con ellas.

No sé qué se hizo de mis palabras. Y yo, que maté, tengo miedo. Y no me respondí, escribe Castelli. Tengo miedo, escribe Castelli. Y escribe miedo con un pulso que no tiembla. Y esa palabra —miedo— no es nada, no habla, no es lágrima, no identifica, siquiera, ese líquido negro, viscoso, que le sube por el cuerpo, dentro del cuerpo, en esa ciudad que compra palabras y que las paga. Que las olvida.

Mírenme, escribe Castelli. *Ustedes* me cortaron la lengua. ¿Por qué? *Ustedes* tienen miedo a la palabra, escribe Castelli. Y ese miedo se los vi, a *ustedes*, en la cara. Lo vi en las caras de *ustedes*, y vi cómo se las retorcía, y cómo les retorcía las tripas.

Por qué escribe *ustedes*, escribe, ahora, un hombre al que llaman Castelli, y que gruñe como un chancho.

Un tiro, Castelli, un tiro en la boca que hiede. Abra el cajón de su mesa, Castelli, allí donde brilla, oscura, la pistola, debajo de la tinta, la pluma y las palabras que la pluma pone sobre el papel, tan mudas como su boca que hiede, y empúñela. ¿Por qué no recoge, Castelli, la pistola que brilla, oscura, en el cajón de su mesa, muda, ahora, como las palabras que pone sobre el papel, y la hunde en su boca, y aprieta el gatillo, y pone fin al tiempo que le falta y cierra la fuente negra y hedionda de las palabras, el pozo negro y hediondo que aún dicta las palabras que pone sobre el papel, las respuestas que nada responden, la podrida fuente del miedo?

La palabra miedo no dice nada de lo que yo veo. No es miedo la palabra.

Castelli mira cómo Castelli abre unos postigos de hierro para que vean los otros, *ustedes*, eso que se pudre y todavía tiembla y suplica. Abre su cuerpo en dos, con manos como garfios, abre postigos de hierro, y expone, mudo, lo que se pudre antes de que se le enfríen los dientes.

Aquí estoy, esperándote, dice Castelli con su boca muda, putrefacta. Y Castelli —escribe Castelli, una pistola en el cajón de su mesa, debajo de la tinta, la pluma y el papel en el que se amontonan las palabras que escribe—, Castelli invita a la muerte, desde la penumbra en la que escribe, y una sonrisa chirría en los dientes que se enfrían, a que avance, como él, sano y entero, vio avanzar a la infantería criolla en Suipacha, erguida o encorvada, las bayonetas en alto, los hombres de la infantería criolla —porteños, negros, mulatos, paisanos de la pampa, de las sierras cordobesas, de las quebradas de Jujuy y Salta y Tucumán—, encorvados o erguidos, con las manos que les sudaban apretando el hierro de los fusiles, con la mirada puesta más allá de los hierros de los fusiles y las bayonetas, con los ojos puestos en esa línea escarpada donde terminaba el sol, en esa sombra floja y ondulante que se recuesta al pie de la nieve pálida y dura de los cerros, y que grita, loca, desesperada, *¡Santiago! ¡Cierra España! ¡Mueran los herejes!* Te llamé ahí, sano y entero, escribe Castelli. Y te llamo desde una pieza a oscuras, solo, sin banderas, sin palabras, sin los hierros que empujé a la victoria. Vení, escribe Castelli, en una ciudad de comerciantes, usureros, contrabandistas, frailes y puteríos, que lo dejó sólo, que acobardó a sus compañeros, que los exilió, que los maldijo.

(Compañeros, soy Castelli, escribe Castelli. No me dejen solo, compañeros, en esta pelea. ¿Dónde están, compañeros? ¿Dónde, que tengo tanto frío?)

Dicen que te llaman noche. Vení, noche, que aquí está Castelli. Vení, noche puta.

Castelli —escribe Castelli—, leé lo que escribís. Y no llorés. Tachá las líneas que escribiste entre paréntesis: deberías saber, ya, que estos tiempos no propician la lírica. Estás mudo en un pozo negro más fétido que tu boca. No, no es un pozo negro. Es el más grande quilombo que el mundo haya conocido nunca y al que bautizaron con el nombre de Buenos Aires. Basta, Castelli, escribe Castelli. La noche vendrá y el hombre mudo, que escribe exorcismos y que los sabe vanos, mira el trazo firme, apretado y claro de su escritura.

Voy a morir, escribe Castelli. Trago una cucharada de dulce de leche, escribe Castelli con

49

la mano que alzó la cuchara cargada con dulce
de leche. Y Castelli lee, en una letra apretada y
firme, que traga, todavía, una cucharada de
dulce de leche. Y que va a morir. Si Dios así lo
dispone, escribe Castelli. Eso es lo que Castelli
lee, en una escritura apretada y firme. ¿Y qué
más lee Castelli en esa escritura apretada y firme, detrás de esa escritura apretada y firme, en
los silencios de esa escritura apretada y firme?
¿Que a Castelli, cuando escribió *Si Dios así lo
dispone*, una risa espasmódica, sigilosa y fría se
le enroscó en las tripas y que el dulce de leche
empastó la podredumbre que le roe la boca?

Uno no sabe cuándo va a morir; uno debe
saber cómo va a morir. Leo lo que escribí. Mi
letra es firme y apretada. Mi pulso no tiembla.
No tiembla mi corazón. Eso es bueno. Eso está
bien, doctor Juan José Castelli. Pero no olvide
que su tiempo se termina, y que debe ordenar
sus papeles. Escriba, el pulso firme y sin tem-
blores, bajo una luz que se apaga. Escriba que
no le importa cuándo llegará al fin del camino.
Escriba que no le importa eso —saber cuándo
llegará al fin del camino—, con una mano que
no tiembla. Escriba que el actor no miente en el
escenario, y que su pulso no tiembla.

Y en el escenario, cuya luz se extingue, el
actor escribe: la revolución es un sueño eterno.
Castelli escribe: es hora de comer mi ración de
zapallo pisado.

encuentro con

Jugué P4R. Monteagudo jugó P4R. Jugué
C3AR. Monteagudo jugó C3AD. El ajedrez, dijo
Monteagudo, al mover su caballo, es un juego
feudal. Oh, escribí en una hoja de papel. Escri-
bí: Sírvale, Angela, por favor, café al amigo
Monteagudo. Y a mí, tráigame arroz con leche.

A5C. Monteagudo movió C3A, jugada cauta
para un temperamento como el suyo, receloso y
arrebatado. Noté que la fatiga lo abstraía a
Monteagudo. Tomó su café y me leyó un artículo que firmó en *La Gazeta*.

El artículo reprocha a la Primera Junta y a
uno de sus principales corifeos (elipsis que se
presume elegante y que la prensa adoptó para
señalar a Moreno), no haber equilibrado ardor
con madurez, y sustituir designios de conciliación con las provincias por un plan de conquista.
¿Conciliación con quién, pensé, algo distraído,
sin proponerme la distracción y el desencanto,
quizá ya alojados en mí, por lo que escuchaba,
mientras Monteagudo leía? ¿Con los dueños de
estancias pobladas por diez, veinte, treinta mil
cabezas de ganado, que sólo aceptan, como
bueno, que llueva, que las tierras de pastoreo
no se les inunden, que el sol salga y se ponga, y

que sus impuestos no sobrepasen el valor de
dos, tres o cuatro novillos, haya guerra o no,
haya rey o no? ¿Con los paisanos que viven de
la caza de la vaca, la caza más salvaje y menos
riesgosa que nadie, en la tierra, haya imagina-
do? ¿Con los que sacan de arcas y bolsas de
cuero recocido, monedas de plata y oro, ante la
mirada estupefacta de los esclavos, y las ponen
a secar al sol, para que el moho y la humedad
no las ennegrezcan, montañas tintineantes de
monedas que sus abuelos y sus padres juntaron
para borrar un pasado de porquerizos en la
España de Isabel La Católica? ¿Conciliación con
las provincias, que no son nada sin sus propietarios, o con sus propietarios?

Al paso del ejército del Alto Perú por Salta
—y eso lo vimos usted y yo, amigo Monteagudo:
usted, tal vez, lo olvidó— se formó una tropa
con paisanos voluntarios y la flor de los caballeros salteños. Esos caballeros salteños, y cons-
picuos patriotas, pagaron de su bolsillo al arma-
mento de la tropa. Esos caballeros salteños —tal
vez usted lo olvidó, amigo Monteagudo—, cada
uno acompañado por su criado, para que le lus-
trara las botas y le limpiara las armas, y el jefe
de esos caballeros salteños, con catorce esclavos
a su servicio —personas, según el señor Mariano
Moreno, porque eran blancas y vestían de frac
o levita en sus salones y en los salones de sus
amigos—, desfilaron por las quebradas de la
muy noble provincia de Salta, patriotas e impa-
cientes por heredar las plantaciones de azúcar y
vid, los campos de trigo y las fábricas de sus

padres. Y negociaron, a caballo, untuosos y febriles, con sus padres, la posesión de la heredad. O los asesinaron, cuando fue necesario, para persistir taimados y orgullosos como sus padres, desalojados sus padres de la posesión de la heredad, por la negociación o el asesinato, en comprar a dos pesos y vender a cuatro, así no queden, del país, más que cenizas. Jugué A5C. Monteagudo, C3A.

Monteagudo, por lo que escuché, justifica la expedición al Alto Perú: fue secretario de la representación de la Primera Junta en esa expedición. Ese es un olvido que, por ahora, no puede permitirse. (¿A qué consentimientos, a qué incesantes abluciones purificadoras se entrega un jacobino que pretende aniquilar su pasado, que se desprende de él, acongojado, avergonzado, como de una ropa vieja y pringosa que se pegó al cuerpo en un momento de desdicha?) Tache, Castelli, la pregunta que encerró entre paréntesis. Todavía no, escribe Castelli. ¿A quién alude, Castelli, con la pregunta encerrada entre paréntesis? Castelli no lo sabe, escribe Castelli. No lo sabe Castelli, ni el actor que representa a Castelli en el escenario silencioso de una habitación sin ventanas, ni el público que, silencioso, contempla al actor mudo que representa el papel de Castelli, en una habitación sin ventanas.

Monteagudo me preguntó qué opinaba del artículo. Jugué P3D. Y escribí: ¿Qué opina la policía de su artículo? No me interesa la opinión de la policía, dijo Monteagudo, si es que sé a quién se refiere. Y jugó P3D. Escribí oh.

¿Qué me quiere decir con ese oh? Y, por fin, Monteagudo sonrió. Es un hermoso muchacho cuando sonríe; lo vi sonreír muy pocas veces: ésta es una de ellas. ¿Más café?, escribí. No deseaba que se marchase, a pesar de su fatiga, de su desgano, de ese núcleo de hielo que guía sus actos, y que sus imprevistos arrebatos esconden, y que yo no alcanzaré a develar.

Pasé un buen día: la boca no me jodió. ¿Para qué privarme de la compañía de Monteagudo, que es uno de los nuestros —el único, tal vez— que golpea la puerta de esta pieza, una o dos tardes por semana, riéndose, él que no se ríe nunca, de los alcahuetes del poder que le insinúan que convendría a su seguridad y a su futuro espaciar las visitas a un leproso político? ¿Para qué escribí, entonces, que ardor y madurez se contradicen, y que la madurez crece cuando el ardor aprende? Escribí: Somos oradores sin fieles, ideólogos sin discípulos, predicadores en el desierto. No hay nada detrás de nosotros; nada, debajo de nosotros, que nos sostenga. Revolucionarios sin revolución: eso somos. Para decirlo todo: muertos con permiso. Aun así, elijamos las palabras que el desierto recibirá: no hay revolución sin revolucionarios. Jugué P3A.

Monteagudo se levantó de su silla, bordeó la mesa, por la derecha, leyó, por encima de mi hombro, lo que escribí. Volvió a sentarse, y me miró, pensativo. Jugó P3CR, y sus dedos acariciaron largamente la cabeza del peón. ¿Más café?, escribí. Y alcé la hoja de papel, para que Monteagudo leyera lo que escribí.

Sí, dijo Monteagudo, los ojos fijos en el tablero de ajedrez. Pídale, por favor, dos tazas a Angela. La mía, sin azúcar, escribí.

Al rato, regresó Monteagudo. Angela, que nos sirvió el café, me pasó los brazos por el cuello:

¿Está bien, padre?

Sí, Angela. Muchas gracias, escribí en la hoja de papel. Y le besé las manos, entrelazadas sobre mi pecho. La boca no me jodía. Monteagudo acaba de irse. Transcribo al cuaderno lo que escribí, durante la tarde, en la hoja de papel.

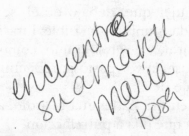

XI

Castelli, ¿qué soñaste?, le preguntó, anoche, María Rosa.

Castelli, boca arriba en la cama, abrió los ojos a la oscuridad del dormitorio, y llevó su mano, la que no escribe, hasta la entrepierna desnuda de María Rosa. La sintió húmeda y tibia.

¿Soñé?, preguntó Castelli, la mano que no escribe, húmeda y tibia, en el vientre desnudo de María Rosa, allí donde, para las yemas de los dedos, para la piel de la palma de la mano, todo era sumiso y previsto.

Hablaste. Hablaste mucho. María Rosa sonrió en la oscuridad.

Castelli pasó su lengua, herida, por la boca que habló:

¿Soñé? ¿Es verdad que hablé mucho?

Soñaste. Y hablaste mucho. Le recé a Santa Rita, Castelli, para que te cure. Y para que seas sólo mío, suspiró María Rosa.

Castelli, sobre ella, que se hundía en ella, se pasó la lengua, herida, por los labios.

¿Es verdad que soñé y que, en el sueño, hablé?

Hablaste, Castelli, hablaste, dijo, húmeda, la boca de María Rosa. Y te vas a curar.

¿Me voy a curar? La boca de Castelli besó los ojos de la mujer que, debajo de él, se movía, húmeda, cálida, sumisa, previsible, insaciable.

Te vas a curar, y a ser sólo mío, como ahora, dijo María Rosa, la voz pastosa, repentinamente inmóvil debajo de él.

¿Me voy a curar? La lengua le ardió, a Castelli, en la boca que olía a putrefacción.

Le hice una promesa a Santa Rita, dijo María Rosa, que se reía como se reía cuando terminaban de copular.

Castelli la abrazó, y ella, dormida casi, su lengua, ensalivada y quieta en la boca de él, murmuró, con la placidez irreductible de la hembra satisfecha:

Santa Rita es la patrona de los imposibles.

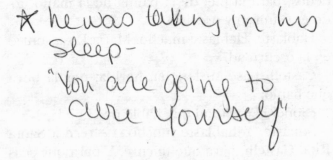

XII

¿Qué nos faltó para que la utopía venciera a la realidad? ¿Qué derrotó a la utopía? ¿Por qué, con la suficiencia pedante de los conversos, muchos de los que estuvieron de nuestro lado, en los días de mayo, traicionan la utopía? ¿Escribo de causas o escribo de efectos? ¿Escribo de efectos y no describo las causas? ¿Escribo de causas y no describo los efectos?

Escribo la historia de una carencia, no la carencia de una historia.

XIII

marca un movimiente

Castelli lee en el periódico abierto sobre la mesa: *Doña Irene Orellano Stark, que vive en la cuadra del Reloj, frente al río, vendió mulata joven.*

Castelli, que aún lee en el periódico abierto sobre su mesa, que Doña Irene Orellano Stark vendió mulata joven, abre el cajón de su mesa, saca, del cajón de su mesa, dos hojas de papel en blanco y, en una de ellas escribe: PAPEL PLUMA TINTA. En la otra, SOY CASTELLI.

Castelli que guardó, dobladas, las dos hojas de papel en un bolsillo de su chaqueta, monta a caballo, la capa que huele a bosta y sangre envolviéndole el cuerpo. Se palpa el bolsillo de su chaqueta, antes de talonear al caballo: la hoja de papel en la que escribió, con letras mayúsculas, PAPEL PLUMA TINTA, y la hoja en la que escribió, con letras mayúsculas, SOY CASTELLI, están ahí, dobladas por separado, rozándose.

Castelli, que no tiene apuro, oye cómo se quiebra la escarcha bajo las patas del caballo. La mañana de julio es fría, y el viento, que llega del río, le moja la cara.

Castelli, las riendas flojas en las manos, no tiene apuro. Siente que el viento, que llega del río, le moja las mejillas, le atraviesa la flaca piel de las mejillas y, de a poco, le calma, en la boca, los chirridos punzantes que brotan de esa contusa brasa de carne que es su lengua.

El viento es mejor que el opio, piensa Castelli, que no tiene apuro, envuelto en una capa que huele a bosta y sangre. La combustión lenta y pálida de algo que no sabe qué es, dentro de su cuerpo, lo sostiene sobre la montura, inmune a las inclemencias y los halagos de lo que sea: el viento helado y la niebla que suben del río, la luz plomiza e inmóvil del cielo, los sueños y las cópulas que le depararán las inciertas noches a venir, el juicio de los otros, los ruegos secretos, las capitulaciones con las que quiso alejar, de su carne, a la muerte.

Suele ocurrir, piensa Castelli, que no conoce palabras para designar a esa combustión, lenta y pálida, que lo sostiene, sin apuros, sobre la montura del caballo. Esta es la tercera vez que me ocurre, piensa Castelli, las riendas flojas en las manos.

La primera, recuerda Castelli, ocurrió cuando deshizo, con un revés displicente, el mazo de barajas españolas que un soldado, alto y rígido y envejecido, abría, como un abanico, sobre su mesa de juego, en una remota noche de mayo.

La segunda ocurrió después que el ejército del Alto Perú se desbandó por los desfiladeros, las pampas, las empinadas tierras que se asoman a las orillas del Desaguadero. También había niebla, frío y escarcha en esa mañana de junio. Castelli galopó, en esa interminable ma-

ñana de junio, indiferente al clamor de degüello que despedían los tambores de la tropa rea-
lista y a las campanas de las iglesias que, go-
zosas, llamaban a que él, Castelli —que ahora no
tiene apuro—, y sus secuaces, que osaron liberar
al indio de la esclavitud de la mita en minas,
cañaverales, viñedos y tejedurías, fuesen empa-
lados, descuartizados, y lo que quedase de los
reos y subversivos del orden público, cortadas y
distribuidas manos y cabezas por pueblos y ciudades, para regocijo de pueblos y ciudades, se
lo cocinara a fuego lento. Castelli, en esa mañana interminable de junio, galopó en busca del
desquite, indiferente al loco aullido de la turba,
a las banderas negras que ondeaban sobre las
cabezas de la turba, en las calles de piedra de
Oruro o Potosí, a las plegarias de los propietarios de las minas, cañaverales y viñedos —a Castelli, que cree que formar repúblicas, organizar go-
biernos, dar a los estados una nueva legislación, levantar ejércitos y disciplinarlos, es hacer caldos de
jeringas y píldoras en la botica de su padre, agárren-
lo, ahórquenlo, cómanlo vivo y chupen chicha sobre
sus huesos—, indiferente a los gritos de muerte
que cubrían, como una humareda, el cielo de
esa interminable mañana de junio. Castelli vio a
la turba, portadora de muerte, enardecida por
las escenas de tortura y humillación que imagi-
naba, y las bocas negras de la turba, y el aullido
obsceno que rajaba las bocas negras de la turba,
las bocas negras y rajadas que esperaban carne
para desgarrar, y chicha para una mañana de
gloria. La vio venir, indiferente, envuelto en

una capa que olía a la sangre, propia o ajena, que se derramó en esa mañana interminable de junio, y a la bosta de los caballos que le fusilaron en esa mañana interminable de junio. La vio venir y, como ausente, apuntó con su pistola, por encima de las orejas del caballo que montaba, en ese callejón de piedra alumbrado por una luz fría y como enferma. Y en esa mañana interminable de junio, mató. El hombre que corría al frente de la turba, con una lanza en las manos, una bandera negra flameando en la vara de la lanza, se detuvo, bajo la luz delgada y enferma del invierno, en ese callejón de Oruro o Potosí, laxa la tela negra de la bandera, y fosforescentes la calavera y las tibias estampadas en la laxa tela negra de la bandera, como si hubiese escuchado, entre la gozosa música de las campanas, entre los aullidos *Viva la Religión y el Rey*, las cuchilladas y las explosiones de la pólvora, una voz que lo llamaba. El hombre, detenido bajo la luz delgada y como enferma del invierno, por la voz que escuchaba, aflojó las manos agarrotadas en la vara de la lanza, y la tela negra de la bandera, con la calavera y las tibias que fosforecían, pendió laxa de la vara de la lanza. El hombre cayó, y Castelli alcanzó a ver el agujero que el plomo de su pistola abrió en la garganta del hombre, y vio el estupor que esa muerte infligía a la turba, el silencio que le imponía, y se vio, a sí mismo, como ausente, atravesar la turba enmudecida —quebrada la obscenidad de las escenas de tortura y humillación que la turba imaginó—, y galopar, en la mañana interminable, hasta que reunió a los suyos, hasta que esa combustión lenta y pálida se apagó en su cuerpo, hasta que recobró la palabra, y su palabra, si la dijo, recobró el énfasis y la convicción del poseído, y sus palabras, si las dijo, y sus ademanes, con el énfasis y la convicción del poseído, recobraron, para el desquite, para la guerra, más interminable aún que esa mañana de junio, a los voluntarios de Charcas y Chuquisaca.

¿Qué hizo, qué dijo, si dijo algo, en esa mañana de junio, para cortar la espantada de los voluntarios de Charcas y Chuquisaca, para cortar esa hemorragia de pánico que desorbitaba los ojos de los soldaditos porteños, blancos y morenos, tan jóvenes ellos, tan lejos de Buenos Aires, tan lejos del mujerío ante el cual lucieron, sobradores, los uniformes con los que fueron vestidos por la Primera Junta? ¿Se paró frente a los que se desbandaban, los puteó, carajeó, les invocó la madre y su condición de machos, la patria, los sagrados deberes del soldado, la misión que se les confió? ¿Clavó su espada en los que, en la espantada, volaban, casi, sobre la tierra de esa inclemente geografía? ¿O estiró las manos, callado, sin arenga alguna en la boca, y paró a los espantados, mostrándoles la cara y el cuerpo de un hombre que había llegado hasta allí para morir o matar, y al mostrarles el cuerpo y la cara de un hombre que llegó hasta allí, por una única vez, para implantar *supresión de tributos, reparto de tierras, escuelas en los pueblos*, o morir, los avergonzó, y devolvió, con

las manos estiradas que paraban a los espantados, un brillo humano a los ojos de quienes,
espantados, imploraban no quedar ensartados
en una bayoneta goda, no consumir su juventud en las bóvedas carcelarias de El Callao, no
ser entregados al garrote del verdugo?

Cuando la mañana, que parecía interminable, llegó a su fin, cuando el ejército, recupera-
do de la dispersión y el pánico por sus palabras,
si las dijo, y sus ademanes de poseído, encendió
las hogueras de la noche, él bajó del caballo y,
envuelto en una capa que olía a sangre y bosta,
se durmió.

Soñó que lo velaban. Su ataúd estaba vacío, y
quienes lo velaban no sabían que el ataúd estaba vacío. Quienes lo velaban extendieron las
manos, como si se juramentasen, sobre el ataúd
vacío, e inclinaron las cabezas, de las que colgaban tules de luto, hacia la vaga luz esparcida
sobre la tapa del ataúd vacío. El abandonó a los
que velaban un ataúd vacío y a la vaga luz esparcida sobre la tapa de un ataúd vacío, y caminó,
por una pradera lisa y oscura e infinita, hacia el
borde de la pradera lisa y oscura e infinita, hacia la esfera púrpura que se alzaba en el borde
de la pradera lisa y oscura e infinita.

XIV

Esta es la tercera vez que me ocurre, piensa Castelli, que no tiene apuro, envuelto en una capa que huele a bosta y sangre, sobre la montura del caballo que lo lleva a la cuadra del Reloj.

Es la tercera vez que fulguró, dentro de mí, esa combustión lenta y pálida, que no puedo designar con palabra alguna, escribe Castelli en un cuaderno de tapas rojas, de regreso a la pieza en penumbras. Acaso sea la última, si Dios no dispone otra cosa.

Se reitera, doctor Castelli, y sus tripas no ríen. Deje de fanfarronear, Castelli. Ponga punto después de *última*, y tache el resto. Escriba que lo que ocurrió —esa combustión lenta y pálida, dentro de su cuerpo; las visitas a Doña Irene Orellano Stark, en su casa de la cuadra del Reloj; al negro Segundo Reyes, en su madriguera de la Recova; y a mister Abraham Hunguer, en la vivienda que alquila a la vuelta de San Ignacio—, le pesa como si hubiera tenido que revivir lo que le ocurrió hace miles de años.

Fúmese un cigarro, Castelli, y escriba.

XV

Fue en Buenos Aires, una ciudad aplastada contra la tierra por el sol del verano austral, las iglesias mudas y cerradas a la espera de la Cuaresma y de la penitencia que disiparan la lascivia que el verano austral y el inverosímil aniquilamiento de la primera invasión de las tropas de Gran Bretaña instalaron en hombres, mujeres, adolescentes, señores, damas, paisanos, cuchilleros de los arrabales porteños, esclavos y esclavas y demás bestias, y aun en niños que, quizá inadvertidamente, pugnaban por conservar su inocencia.

Castelli era joven, bajo el sol del verano que calcinaba a Buenos Aires, una ciudad blanca y chata que se miraba en las cartas marinas —qué lejos aparecía esa isla, de la que llegaron los invasores, que los charlatanes describían como envuelta en brumas espesas y nórdicas, y helada como el alma de un rufián—, y se miraba, más cerca, al alcance de sus manos febriles —muchacha que descubre las montuosidades que llenan su vestido—, en los bruñidos trofeos que arrebató a los gaiteros escoceses (o galeses o irlandeses o de la raza de luteranos que fuesen) de SMB.

Fue un Carnaval, antes del segundo desembarco inglés.

Una bomba de agua estalló en la espalda de Castelli, y Castelli, que era joven, se coló por una puerta entornada, estrecha y alta, de hierro y madera dura y nudosa, y buscó, cegado por el destello del sol contra los charcos espejeantes del agua, en la repentina y fresca oscuridad de un pasillo, la escalera que conducía a la azotea, desde la cual, supuso, le empaparon el cuerpo y las ropas.

Oyó, apagados, al pie de la escalera, en un patio sombreado por una parra tupida, las pueriles, exultantes incitaciones del Carnaval, los chicotazos del agua en los cuerpos, las agudas tartamudeces que arrancaban, a los cuerpos, los chicotazos del agua, bajo el cielo puro y feroz del verano.

En la azotea, una mujer, el vestido pegado a la piel, gritó su nombre. El, que era joven, y que era abogado en una ciudad en la que los abogados sólo podían atrapar las migajas que caen de la mesa de los especuladores, la había visto en alguna fiesta, en alguna recepción ofrecida por uno de esos traficantes de palabra melosa y aborrecimientos despiadados, antes del primer desembarco inglés, el cuerpo macizo, la risa demasiado estrepitosa, las joyas que abusaban del cuello corto y grueso y de los dedos de las manos, gordos y blandos, viuda, eso decían, o altoperuana, quizá.

Castelli avanzó hacia la mujer que gritaba su nombre y que corría por la azotea, el vestido pegado a la piel, entre los charcos de agua que el sol evaporaba, la grupa tensa, los pies descalzos que golpeaban en los charcos de agua que el sol evaporaba, salpicándose las pantorrillas, la boca riente, abierta, con el nombre de Castelli rebotándole en el paladar, los pezones erectos bajo el vestido pegado a la piel, el sol que crujía sobre ellos, y Castelli, los brazos abiertos, que, por fin, la acorralaba contra una de las esquinas de la azotea.

Después, en la fresca oscuridad de un salón o, tal vez, de una pieza resguardada de los espejismos del verano y del eco de las reyertas pueriles y exultantes del Carnaval, Irene Orellano Stark tembló, en los brazos de Castelli, como si Castelli volviese a mojarla, como si Castelli volviese a acorralarla en la azotea, y ella volviese a acceder, jadeante, a que él, riendo, la mojara, a que él, que era joven y abogado, y que, sin embargo, reía, explorara, con sus manos que no reían, el vestido que se le pegaba a la piel.

XVI

Diálogo con los ingleses

Castelli escribe que Moreno les dice a Pedro
José Agrelo, a él, y a su primo, Manuel Belgrano,
que visiten a Beresford, y lo tienten con una
alianza entre ellos y Su Majestad Británica.
Agrelo, con una voz que podía anunciar el Apo-
calipsis o la condena a muerte de su madre, su
amante, del enemigo, sin permitir que la duda
o la desesperación le hiciesen decaer la voz o lo
que sea que la voz dijese, preguntó quiénes
eran ellos. Nosotros somos nadie, dijo Moreno,
impávido, suavemente. La impávida cara lunar
de Moreno no palideció ni se ruborizó, cuando
dijo, suavemente, mientan. Somos nadie, y usted
lo sabe, Agrelo. Entonces, mientan. Ofrézcanle
al gringo un buen negocio. Inglaterra no nos
necesita, dijo Agrelo, con una voz no corrompida por la fe o el descreimiento. Son comerciantes, dijo Moreno, impávido, suavemente. Belgrano y yo levantamos los ojos: la cara lunar de
Moreno, blanca, picada de viruelas, fosforecía
en la oscuridad del cuarto que nos encerraba a
los cuatro, en los fondos de un café, una tarde
de verano, los cuatro como diluidos en la oscuridad de la habitación, amortiguada la estriden-
cia salvaje del Carnaval por la cortina de lona,

pintada con brea, que crujía roída por los destellos del sol, echada sobre la única ventana de la habitación.

Tengo fe, dijo Moreno, suavemente, la cara que fosforecía. Creo en Dios, Agrelo: usted no. Pacto con el diablo: ¿usted no?

Agrelo tradujo las presentaciones, y William Carr Beresford dijo Caballeros, están en su casa: un rudo soldado inglés se complace en saludarlos, y su cara gorda se infló con una risa que le hizo toser, y se palmoteó las rodillas, y la tos y la risa le doblaron el cuerpo gordo y ágil de cuarentón, y Agrelo tradujo que el general Beresford se pregunta si es nuestro huésped o nuestro anfitrión.

Mi primo, Belgrano, que es un exquisito cultor de las buenas costumbres, palideció, y se sentó en una silla, y dijo: Dígale, Agrelo, que Buenos Aires se complace en castrar y colgar de sus árboles a los soldados rudos, por más hijos de puta que sean, incluidos los ingleses. Agrelo tradujo: Al doctor Belgrano le complace que el general Beresford, prisionero de la ciudad de Buenos Aires, conserve el humor. Beresford dejó de reír, y miró a mi primo, pálido, que aún murmuraba las palabras de la ofensa y los ojos de Beresford se helaron en la cara roja y gorda como un bofe, y dijo, Caballeros, seguramente escucharon hablar de Oliver Cromwell. Bien: él, un republicano de extendida y funesta fama —nada que los involucre, caballeros—, nos enseñó, a los soldados rudos, orar, mantener la pólvora seca, y que, al final del camino, puede aguardarnos la horca, el olvido o la gloria. ¿Whisky, señores?

Beresford se dirigió a un armario, tan ágil como uno puede pensar que lo es un rudo soldado británico, y nos sirvió whisky, y Agrelo dijo que el whisky es un linimento irlandés para mulos, y yo comencé a orar. Abundé en perífrasis: dije, ahora lo resumo, que nosotros, que habíamos derrotado a Inglaterra, pactaríamos con el mismísimo diablo —nada que involucre al señor general— para sacarnos a España de encima. Y que le ofrecíamos a Inglaterra un excelente mercado, y excelentes negocios, si Inglaterra se interponía entre España y nosotros.

Shit, mister Castelli, dijo Beresford, la cara roja como un bofe, los ojos claros que bajaban hacia su vaso vacío, y que, después, miraron a Agrelo, claros y duros, y Agrelo, de pie, con una voz que no pactaba con nadie, tradujo: Inteligente, muy inteligente, mister Castelli.

El gringo se sirvió whisky, y sin mirarnos, los ojos claros y duros en los pastos de la pampa sobre los que se ponía el sol, dijo: Esta es una tierra fecunda como ninguna otra que haya conocido en veinticinco años de servicio, poblada por gentes cautas y pacíficas y amables como ninguna otra que haya conocido en veinticinco años de servicio al reino de Gran Bretaña... Caballeros, en mi bando del 27 de junio, ofrecí respetar la propiedad privada, los derechos, privilegios y costumbres de las personas decentes de Buenos Aires, y previne a los esclavos que SMB no los emanciparía y que debían obedecer a sus dueños. El 4 de agosto expedí un decreto por el cual declaraba libre el comercio en el Río de la Plata: sugería que el pueblo podría disfrutar de la producción de otros países a un precio moderado. Todo ello, y ustedes no lo ignoran, llevó al prior de la iglesia de Santo Domingo a consignar, desde su púlpito, en un español comprensible, tan comprensible, diría, como el de mister Agrelo, que el poder viene de Dios. E Inglaterra es el poder: no se me ocurre cómo decirlo de otro modo... Doctor Castelli: Inglaterra no renunciará a las dos perlas más hermosas de su corona: las colonias, no importan los efímeros traspiés que sufrió en su conquista, y Shakespeare. *Never*.

Agrelo, que interrumpía al sudoroso general con corteses Plis, mister Beresford, tradujo, de espaldas al sol que se ponía sobre los pastos de la pampa, y las vacas que rumiaban los pastos de la pampa, que los comerciantes de la provincia de Buenos Aires celebraron que Beresford redujese las tasas aduaneras, y maldecían en alcobas, cabildos, cafés, prostíbulos, y otros lugares tan respetables como ésos, las conspiraciones que hervían en los zaguanes de sus propias casas. Inglaterra, tradujo Agrelo, el linimento irlandés para mulos intacto en el vaso que sostenía en la mano derecha, renunciará a sus colonias, si Dios así lo dispone, pero no a Shakespeare.

God, dijo Beresford, Inglaterra es un imperio gracias a los niños que mueren en sus minas, y que mueren como moscas por caprichosos, necios o maleducados. Curiosamente, los negros y los indios también mueren como moscas en las minas de la América española. Son datos estadísticos. Originan, creo, algún comentario piadoso en los predicadores, y las blasfemias indecorosas de Bill Blake. Una misma ley para el león y para el buey es opresión, escribió Bill Blake. Bien: y si eso es verdad, ¿qué? Todos mueren: los niños blancos en las minas inglesas de carbón, hierro y plomo; los negros y los indios en las minas de plata y oro de la América española; los soldados; los poetas; los predicadores; el almirante Nelson; los reyes y sus vasallos; los ricos y sus pobres; los jacobinos y los chuanes; los revolucionarios y sus verdugos; los maestros y los alumnos. ¿Qué queda de los que mueren? ¿Quién recogerá el crujido de sus zapatos sobre la tierra? *The wine of life is drawn, and the mere lees is left this vault to brag of.*

¿Qué es lo que recita?, preguntó Belgrano, perplejo, socavadas, quizá, sus inflamaciones patrióticas por la percusión, como abstracta, como indemne a las devastaciones del tiempo, musical y tersa y todavía indevelable, que esa lengua extranjera dispersaba en una habitación de paredes de adobe, calcinada por el verano pampa. Dijo, tradujo, Agrelo, con una voz que desconocía la hesitación, el adjetivo impuntual, las tediosas suntuosidades de la retórica, que los atardeceres de esta tierra, dulce como ninguna otra que haya conocido en veinticinco años de servicio, le evocan los prados, las rosas de Inglaterra, y los roast-beef de sus cenas; que estos atardeceres dulces, silenciosos y melancólicos, cubren sus ojos de lágrimas, su corazón de pena, y le aproximan las vejaciones de la ancianidad.

Beresford, que se paseaba por la pieza, una sombra ágil y gorda y paciente, a la espera de que Agrelo cesase de transmitirnos la difusa tristeza que una puesta de sol en la pampa despierta en el alma ruda de un soldado, se sirvió whisky en su vaso, y lo tomó, a grandes tragos, parado en la lechosa blancura que entraba por la puerta de la pieza, cerrados los ojos claros y duros en la cara roja y gorda como un bofe.

Nosotros —Agrelo, de pie, en algún lugar de la habitación que olía a sudor, polvo, pasto, a las emanaciones nocturnas de la tierra reseca por el verano pampa, Belgrano y yo— escuchamos el gorgoteo del alcohol en la garganta del rudo soldado, y, después, a Beresford, que chasqueaba la lengua. Los invito, caballeros, a compartir nuestro destino: súbditos del más grande imperio de la tierra, gozarán de sus libertades no escritas. Se les asegurará buenos leños para el hogar de sus chimeneas; podrán redactar sus memorias o, si les place, leer algún texto pecaminoso, sin temor a los excesos de la censura. Por la sangre y por el clima, ustedes son propensos a las aventuras galantes: se las comentará con discreción... Mis amigos opinan que mister Castelli es un hombre de grandes méritos. Bien: a los hombres de grandes méritos se les levanta estatuas, en las plazas de Londres.

¿Quiénes son ustedes, caballeros? ¿En nombre de qué, caballeros, invaden el retiro, temporalmente forzoso, de un rudo soldado, y le proponen tratos que avergozarían a un salteador de caminos?, tradujo Agrelo, de pie en algún lugar de la habitación, su voz, inaccesible a la asepsia y la exaltación, una nota más alta que el zumbido de los insectos atrapados en la lechosa blancura que partía la habitación, en dos. Belgrano se levantó de su silla, y yo oí, vencido por el calor y el linimento irlandés para mulos, cómo manaba de su boca ese sombrío, desenfrenado resentimiento que el idioma español pone en la injuria, y a Agrelo, con esa voz que no pacta con nadie, Belgrano, cuide su corazón. *Shit*, tradujo Agrelo, la voz que no pactaba, siquiera, con su almohada.

God, repitió Beresford, y la risa y la tos doblaron su cuerpo gordo y ágil en la oscuridad pegajosa de la habitación.

Castelli escribe, con un pulso que todavía no tiembla, que galoparon, en silencio, de regreso a la ciudad. Moreno, que tenía fe, creía en Dios y pactaba con el Diablo, los esperaba en la larga noche de verano y Carnaval. Y Moreno, que nos esperaba en la larga noche de verano y Carnaval, dijo, odiándonos, odiando en nostros la jugada perdida, que éramos nadie, y que, entonces, nada se había perdido. Eso es lo que repitió, infatigable y calmo, revestido de orgullo, odio e insoportable tenacidad. Eso es lo que repitió en la larga noche de verano y Carnaval, hasta que las palabras se consumieron, y no fueron palabras ni sonidos ni el eco de una remota desesperación que aún vaga por la memoria humana. Todo este maldito lío durará cien años, dijo Belgrano, como con asombro, como con alivio, como si se lo declarase inocente del Calvario de Cristo. Cien años: ¿qué son cien años? El tiempo de una siesta sudamericana: la risa de Agrelo estalló seca y contenida. A dormir, compañeros, que es bueno para la salud.

Castelli que no era, todavía, el orador de la Revolución, ni el representante de la Primera Junta en el ejército del Alto Perú, ni el hombre que, a las puertas de un tribunal, escuchó en los gritos de *afrancesado jacobino impío* su condena y su amarga victoria, ni la enjuta carne que se angosta sobre los huesos duros y apacigua la putrefacción de su lengua con leche de ángeles, buscó, aquella noche de verano y Carnaval, a Irene Orellano Stark. Encontró una perra.

Castelli, cuyo corazón era, todavía, docilísimo, hastiado de los fugaces espejismos que auspician los pactos con el Diablo, del verano pampa, de las efusiones poéticas de un rudo soldado extranjero, de los furiosos latidos de los tambores del Carnaval, hizo gemir a la perra. La faena no fue divertida, salvo para la perra. La perra, a la que hizo gemir, gozó.

XVII

encuentro con Irene el carnival

Castelli, que no tiene apuro, a caballo, envuelto en una capa que huele a bosta y sangre, entra a Buenos Aires, en una fría mañana de julio.

El carnaval, si ocurrió, ocurrió hace miles de años, escribe Castelli, el cigarro en la boca que apesta, la letra apretada y aún firme, y las palabras, que la letra apretada y aún firme traza, que se depositan ahí, en una hoja de cuaderno, que no transmiten la airada crepitación de aquel verano; ni, tampoco, la libertad ni la ruptura con algo, fuere lo que fuere ese algo, que crepitaban en las tardes y en las noches de aquel verano. Castelli escribe, el cigarro en la boca que apesta, el Carnaval, si ocurrió, ocurrió hace miles de años, porque las palabras, las que su letra apretada y aún firme puede trazar en una hoja de cuaderno, traicionan al recuerdo. Y si el recuerdo se traiciona a sí mismo, la escritura traiciona al recuerdo, escribe Castelli, el cigarro en la boca que apesta.

Castelli entra, ahora, a una ciudad de viudas y mutilados, comerciantes y patrones de vacas, a una ciudad saqueada por la guerra. Castelli, que no tiene apuro, entra, ahora, a una ciudad en la que vive Doña Irene Orellano Stark, que retornó del Norte, de feudos alhajados de plata y obstinación, servida por el indio Joaquín, que cría pájaros y grita, como le enseñaron los capataces españoles de las minas, *guardia guardia*, con la voz ahuecada de un guacamayo.

Castelli baja del caballo en la cuadra del Reloj, y golpea en la puerta, alta y estrecha, de hierro y madera dura y nudosa, de la casa de Doña Irene Orellano Stark. Castelli, que no tiene apuro, espera, en la mañana fría de julio, envuelto en una capa que huele a bosta y sangre.

Castelli, que no tiene apuro, escribirá, esa noche, que vio a sus jueces orar al Eterno Padre, al Hijo y al Espíritu Santo, y flagelarse, crucificados, y morder el polvo de una ciudad de piedra, que no es Jerusalén, confortados por el obispo Lasanta y su clerecía, y se preguntará, esa noche, con una escritura apretada y aún firme sobre las hojas en blanco de un cuaderno de tapas rojas, qué bocas besan las bocas rayadas por el freno de hierro, y qué exorcismos se montan en las casas porteñas de los que, en el Norte, flagelados, oran a la Santísima Trinidad, confortados por el obispo Lasanta y su clerecía, por los mismos que urgieron le cortaran las manos y la cabeza al representante de la Primera Junta en el ejército del Alto Perú, y se diseminaran, por pueblos y ciudades, manos y cabeza del reo y subversivo del orden público, y se cocinara a fuego lento lo que quedara del reo y subversivo del orden público.

Castelli, de pie, ahora, frente a una puerta alta y estrecha, en la calle del Reloj, escribirá

que, en el Norte, reencontró a Doña Irene Orellano Stark, en una vasta casa, con colgaduras
de damasco y oro, capilla propia, y símbolos de un
poder —grillos y cadenas, un tráfico de cincuen-
ta mil mulas al año, y mil o dos mil carretas, vaya uno a saber, a nombre de las familias que
dictan la ley, y el despiadado aborrecimiento
por el indio y el mestizo— que la Primera Junta
y su ejército no supieron doblegar.

O respetaron, escribe Castelli, en un cuaderno
de tapas rojas, de regreso a la pieza sin ventanas, un cigarro en los labios, el tablero de ajedrez y las piezas de peltre, desplegadas en el tablero de ajedrez, en el catre de soldado. Nadie
escribe sobre esas casas, esas mujeres, ese comercio. Se escribe *La Representación de los Hacenda-
dos*, mi primo Belgrano escribe endechas econó-
micas, se escriben poemas a las niñas de buenas
familias, antes de que les nazca el primer hijo,
pero nadie escribe sobre esas casas, esas mujeres,
ese comercio. En esas casas, de las que no se escribe, los hombres que se rayan la boca con un
freno de hierro, introducen sus miembros en
un agujero tibio y húmedo y, a veces, infernal.
En esas casas, y en sus galpones, hundí en ese, a
veces, infernal y pegajoso agujero, mi miembro,
y lo hundió mi primo, el doctor Belgrano, y lo
hundieron los paisanos, los soldados, y los señores Osuna, Mendizábal, Narvaja, Escalante, Ta-
gle, Tellechea, Lezica, Alzaga, que pagaron las
más bellas misas que esta ciudad recuerde, si
algo recuerda. Un país de revolucionarios sin revolución se lee en aquello que no se escribe.

(Una pulsera de plata brillaba en el tobillo izquierdo de Irene Orellano Stark. Y quizá en el derecho. El representante de la Primera Junta en el ejército que marchó hacia el Norte, para liberar a los pueblos y enarbolar, por donde fuese, la bandera de la igualdad, no alcanzó a ver las pulseras en los tobillos de Irene Orellano Stark; o las imaginó, joven como era y apurado como estaba. Juan José Castelli chupó plata en la punta olorosa de las tetas que se erguían en la helada noche altoperuana, duras y opulentas las tetas bajo el techo de la vasta casa con colgaduras de damasco y oro, capilla propia, grillos y cadenas, esos no abolidos símbolos del poder, que él contempló sin apuro, joven como era, antes de que llegase la helada noche altoperuana. El, a quien llamaban, aún, el orador de la Revolución, contempló, en silencio, esos no abolidos símbolos del poder. Eso hizo él, bajo el techo de una vasta casa con colgaduras de damasco y oro, antes de que llegase, a la vasta casa con colgaduras de damasco y oro, la helada noche altoperuana. ¿Chupó, el doctor Juan José Castelli, en los botones de plata, sudor y sangre y silencio y muerte en los socavones de las minas, vidamuerte vertiginosa, fugaz como las lluvias de verano? *La vida es corta para leer lo escrito y actuado en la materia. Mal sistema*, se quejaba el representante de la Primera Junta en el ejército del Norte, en una larga nota, la letra apretada y firme, a la Primera Junta. Y, ahora, solo, en una pieza sin ventanas, reescribe esa línea, los labios cerrados sobre un cigarro que se apaga.)

La puerta, alta y estrecha, se abre, y Doña Irene Orellano Stark sonríe, desde un pasillo oscuro, a la fría mañana de julio, a Castelli, envuelto en una capa que huele a bosta y sangre, parado en esa vereda de la calle del Reloj, y a la humillación que le inferirá, que saboreó, noche a noche, atendida por el indio Joaquín, en la cama a la que él, Castelli, trepó una tarde de Carnaval.

Castelli, en una sala donde bailó, no recuerda cuándo, un minué con Irene Orellano Stark, extrae, de uno de los bolsillos de su chaqueta, un papel doblado. Y lo despliega. Irene Orellano Stark, que sonríe, busca papel, pluma y tinta, en una repisa colmada de frascos de perfume y abanicos, alfileres, peines y collares.

¿Dónde está Belén?, escribe Castelli en la hoja de papel que le alcanzó Irene Orellano Stark, que no deja de sonreír, el cuerpo macizo y como compensado por una sabia paciencia, el cuerpo macizo vistiendo y calzando la ropa y el calzado que ornamentan —eso mira Castelli— una larga, una sabia paciencia.

Sonríe Irene Orellano Stark, de pie frente a lo que es, envuelto en una capa que huele a bosta y sangre, Juan José Castelli o, quizá, la representación de lo que fue, corroída por el soplo glacial que sube de las encías tumefactas a los ojos que no parpadean, vacíos, desteñidos, y que ahueca, en los ojos vacíos, desteñidos, el reflejo de la sonrisa de Irene Orellano Stark.

En esa sala atiborrada de almohadones, terciopelos, frascos de perfume, candelabros, abanicos, fuentes de plata, alfileres, peines, abalorios, Juan José Castelli, los ojos vacíos y desteñidos, traga hilos de saliva: el corto muñón purulento que es su lengua empuja hilos de saliva hacia abajo, hacia el vientre y los riñones, y más abajo todavía. Castelli, envuelto en una capa que huele a bosta y sangre, los ojos vacíos y desteñidos de los que se borra la sonrisa sigilosa de la mujer que habla, escucha a la mujer que habla. La mujer que habla ciñe su cuerpo y sus tetas con un vestido que reverencia la salud de un cuerpo y de unas tetas que él chupó y estrujó en una inadmisible noche altoperuana o, tal vez, en una irrisoria tarde de Carnaval. Y Castelli, los ojos desteñidos y vacíos, que escucha a la mujer que habla, aquieta, bajo el paladar, el muñón de la lengua. Se le extingue, a Castelli, la combustión lenta y pálida, que no puede designar con palabra alguna, que fulguraba dentro de su cuerpo, como fulguró cuando deshizo, de un revés, el mazo de naipes que un soldado español, alto, rígido y envejecido, abría, en abanico, para leer la cuantía de su exilio. Entonces, Castelli, aquieta el muñón de la lengua, y el muñón de la lengua se le encoge, como si los dedos del doctor Cufré, rápidos y precisos, volvieran a introducirse en su boca, cerrados sobre algo que brilla, y emergieran de ella, de ese agujero negro que era su boca, enarbolando un pedazo de carne amoratada y putrefacta que aún se contorsionaba.

Castelli, los ojos vacíos y desteñidos, aquieta, bajo el paladar, el muñón de la lengua. Y su cuerpo que estalla, silencioso, como un agujero negro en la luz y el silencio eternos del universo, implora unas malditas gotas de láudano. (¿Fue así Castelli?, escribe Castelli, la letra apretada y aún firme, los labios cerrados sobre la punta del cigarro que humea, en una pieza sin ventanas.)

Castelli, que escucha el parloteo de Irene Orellano Stark, que escucha el sonido ondulante que, al parlotear, expelen los labios de Irene Orellano Stark, junta hilos de saliva en la boca que se le pudre. Y Castelli, que junta hilos de saliva en la boca que se le pudre, levanta, entre su boca que se pudre, y la boca de Irene Orellano Stark, que expele un sonido ondulante y perfumado, el papel en el que se lee ¿Dónde está Belén?

Irene Orellano Stark, cuyo cuerpo y cuyas tetas recuerdan una inadmisible noche altoperuana y una tarde porteña de Carnaval, las humillaciones que cuerpo y tetas gozaron y a las que se sometieron en una inadmisible noche altoperuana y en una tarde porteña de Carnaval mira el papel en el que se lee ¿Dónde está Belén?, y ríe, en la todavía fría mañana de julio, y la risa es perfumada y ondulante, y dice que vendió a Belén a un precio que está lejos, muy lejos de resarcirla de lo que invirtió en esa mulata descarriada. E insoportable. Y presumida. Y dice que vendió a la impertinente mulata a un precio que desanimaría a cualquier persona honorable que deseara recuperar, en un plazo prudencial, lo que invirtió en educar, vestir y alimentar a un lote de negros sucios y enfermos, subastados al mejos postor por la *Compagnie de Guinée*. Y los Orellano Stark, como bien lo sabe el doctor Castelli —dice la señora Irene Orellano Stark, que alisa, con sus manos, los pliegues que la risa levantó en el vestido que ciñe su cuerpo macizo—, prefirieron el trato elegante de los empleados de la *Compagnie de Guinée* a la hosquedad brutal de los sajones de la *South Sea Company*, y compraron un lote de negros sucios y enfermos, y lo educaron, vistieron y alimentaron. Y le enseñaron el español, y le pulieron la dicción que, como bien lo sabrá el doctor Castelli, es una tarea que pondría a prueba la paciencia de un santo. De allí, de ese lote de negros sucios y enfermos, al que la familia Orellano Stark educó, vistió y alimentó, y apartó, hasta donde pudo, de ritos horrendos y africanos, salió la réproba. Odio, usted lo sabe bien, doctor Castelli, los detalles promiscuos. No voy a enumerar, tampoco, los desvelos de la familia Orellano Stark por inculcar lealtad y mansedumbre a alguien que nació insolente y presumida. Y debo decirle, doctor Castelli, ya que la ocasión se presenta, que sus antiguos compañeros, a los que Dios iluminó, escribieron que la insolencia, la fatuidad y los desplantes del populacho, aquí, en Buenos Aires, y en todo el virreinato, fueron alimentados por los discursos de demócratas furiosos, hambrientos de sangre y pillaje. Déjeme preguntarle, entonces, doctor Castelli: ¿no vale eso para la innombrable?

Castelli, que junta hilos de saliva en su boca tumefacta, el muñón de la lengua inmóvil bajo el paladar, no se pregunta en qué tertulia, recepción, sala atiborrada de terciopelos, almohadones, candelabros, grillos y cadenas, qué lenguas deslizaron, untuosas, vengativas, lánguidas, despechadas, crueles, en los oídos de la señora Irene Orellano Stark, la imagen de demócratas furiosos, hambrientos de sangre y pillaje. Castelli dobla, con cuidado, con ceremoniosa serenidad, con un esmero que se demora, el papel en el que se lee ¿Dónde está Belén?

Castelli, el papel doblado en el que se lee ¿Dónde está Belén?, en un bolsillo de su chaqueta, transcribe, a un cuaderno de tapas rojas, en la noche de esa fría mañana de julio, las amargas líneas, traducidas por Agrelo del francés, que predecían el destino de aquello que intentaron los demócratas furiosos, hambrientos de sangre y pillaje. *¿Qué da la revolución a los desheredados? Después de haber alcanzado, en un principio, ciertos éxitos, el movimiento revolucionario resulta, a la postre, vencido; le faltan, siempre, conocimientos, habilidad, medios, armas, jefes, un plan de acción fijo, y cae indefenso, ante los conspiradores, que disponen de experiencia, habilidad y astucia.*

Castelli, que guarda, en un bolsillo de su chaqueta, el papel en el que se lee ¿Dónde está Belén?, escucha el parloteo de Irene Orellano Stark. Castelli, la cabeza caída sobre el pecho, escucha el parloteo de Irene Orellano Stark. Escucha que la indecorosa mulata mezcló bosta de gato con leche de virgen y esencia de azahar, y que le sirvió, a su dueña, de postre, el satánico menjunje, para que su dueña envejeciera, y se arrugara, y se le cayera el pelo. Y que, descubierta la felonía, ella, Irene Orellano Stark, ordenó que quitaran a la mulata el vestido que tapaba sus vergüenzas, y los mamarrachos que le colgaban del cuello, y que la azotaran, ahí, ahí donde usted está parado.

Castelli, mirándose escribir, palpa, en un bolsillo de su chaqueta, el papel doblado en el que se lee ¿Dónde está Belén?, y anota que Irene Orellano Stark es, en la cama, perfecta; en política, irremediablemente estúpida. La perfección y la estupidez de la señora Irene Orellano Stark no son un consuelo para nadie, Castelli. Tache, entonces, esas líneas. Castelli, que junta hilos de saliva en su boca entumecida, escucha que Irene Orellano Stark nunca le dirá quién compró a la desagradecida ni a dónde fue llevada, así me lo pida de rodillas. ¿Me pediría, el doctor Castelli, de rodillas, que le diga quién compró a la bruja?

En la sala que se entibia, Irene Orellano Stark, que expele un parloteo ondulante, alza los brazos en el aire de la mañana de julio que se entibia, y cuenta los azotes que descargó en la vandálica mulata, en la bruja que le ofreció, de postre, un satánico menjunje para que envejeciera, arrugara y se le cayera el clítoris, como bien lo sabe el doctor Castelli.

Castelli detiene sus ojos vacíos y desteñidos en la suave, oscura pelusa que brilla, húmeda, sobre el labio superior de Irene Orellano Stark. ¿Y si pasara la lengua por esa humedad que brilla en la pelusa suave y oscura? Castelli aferra, en el aire entibiado de la sala, el brazo derecho de Irene Orellano Stark. Siente, en sus dedos flacos, el pulso vehemente de Irene Orellano Stark. Y ve que el estupor cercena la cháchara ondulante de Irene Orellano Stark; ve, a través del vestido que luce Irene Orellano Stark, la repentina tiesura de sus pezones. Castelli, los ojos vacíos y desteñidos, contempla, a la luz de la mañana de julio, la palma rosada de la mano derecha de Irene Orellano Stark, y sus dedos, tiesos como los pezones, enjoyados de anillos de oro y plata.

Castelli escupe, en la palma rosada y en los dedos tiesos y enjoyados, los hilos de saliva purulenta que juntó en la boca que se le pudre. Y antes de que alguien, sea quien sea, allí, en esa casa y fuera de ella, pudiera escuchar los gritos y los sollozos convulsos de Irene Orellano Stark, Castelli, los ojos desteñidos y vacíos, extinguida la combustión lenta y pálida que fulguraba dentro de su cuerpo, empuja la palma empastada con una flema amarillenta y pestilente, hacia la cara de la mujer que va a gritar, que se va a ahogar en espasmódicos sollozos que no amenguarán la palabra sacerdotal y, tampoco, las compresas frías.

Castelli sale de la casa, palmea el cuello del caballo, inquieto por el grito que viene de la casa, y lo monta, y mira la mañana de julio, el río y el cielo de julio, y echa, en la boca que escupió hilos de saliva purulenta, un chorro de opio y alcohol.

XVIII

¿Llovió en la infundada noche del 5 de julio de 1807? Castelli escribe que disparó su fusil contra las escurridizas sombras de los soldados ingleses, desde una azotea de Buenos Aires, hasta que llegó la noche, si la hubo, del domingo 5 de julio de 1807. Después bajó de la azotea y caminó hacia el Fuerte entre barricadas y gemidos, antorchas, gritos desaforados de centinelas, olor a sangre, excrementos, carne asada, vino, orines, lluvia quizá.

Allí, en una sala del Fuerte, bajo la luz de las lámparas y detrás de una larga mesa de madera en la que había papeles sucios, cigarros, tinteros, sables y balas, canastos de paja con empanadas que chorreaban grasa, fusiles, jarras de vino, estaba, de pie, Martín de Alzaga.

Estaba de pie, Alzaga, los largos y flacos brazos y las manos, cuidadas, de dedos largos y flacos, que recogían, de la larga mesa, papeles sucios en los que un amanuense asentaba los mandatos, las imprecaciones que él le dictaba, distante, inescrutable, empecinado, para que se consumase, durante una noche de domingo y en las calles de una aldea réproba y pretenciosa, las más afrentosa catástrofe que ejército imperial alguno registre en sus anales. Y Alzaga, de pie detrás de la larga mesa, repartía entre jefes y soldados, ricos y esclavos, blancos y negros, mensajeros extenuados, centinelas vociferantes, jarras de vino y empanadas que chorreaban grasa, y mandatos, imprecaciones, dones y sentencias, que un amanuense transcribía a papeles sucios, para que en una noche de domingo, por segunda vez en doce meses, pusieran de rodillas al invasor y arrastraran sus banderas por las calles de una aldea réproba, inmunda y pretenciosa.

Alzaga, que repartía mandatos, imprecaciones, dones y sentencias, mira a Castelli, los ojos como piedras lavadas por la sal y la niebla del mar, y le pregunta si está informado de la etimología vasca de la palabra Alzaga. Castelli, el pelo y la capa, que aún no olía a bosta y sangre, mojados por la lluvia de una infundada noche de julio, responde. No lo sé, señor. Mi padre, señor, nació en una ciudad edificada sobre el agua. Alzaga mira al tipo enjuto, mojados pelo y capa por la lluvia que caía sobre Buenos Aires en una infundada noche de julio, y que dice, sin sonreír, que Venecia es una ciudad construida sobre el agua, y en cuyos mercados y canales y puentes y palacios se vende la alegría de vivir. Alzaga escucha eso, de pie detrás de la larga mesa, el cuerpo flaco y duro como el granito, y mira al tipo que lo dice, y le tiende, distante e inescrutable, una jarra de vino.

Alzaga, de pie detrás de la larga mesa, dice que la traducción castellana de Alzaga es abisal, árbol de tronco limpio, madera muy dura y algo amarillenta, que crece en terrenos aguanosos. De la familia del abedul, del aliso, doctor Castelli. Su corteza, o las hojas de su copa, son un remedio eficaz, se cree, contra la rabia. La madera, muy dura, doctor Castelli, muy dura, la usan los artesanos para diseñar instrumentos musicales: eso, sólo a los tontos, le sonaría paradójico. Castelli, mojados el pelo y la capa que aún no olía a bosta y sangre, sin mirar a Alzaga, de pie detrás de la larga mesa, en la sala de la que partían, con papeles sucios en las manos, ricos, esclavos, jefes, soldados, mensajeros extenuados y centinelas vociferantes, murmura: Algunos apellidos no son casuales: ¿eso quiere decirme, señor?

Eso, doctor Castelli. ¿Leyó, doctor Castelli, El Cantar del Mío Cid? Castelli, que mira a Alzaga, de pie detrás de la larga mesa, el cuerpo flaco y como de granito, y en la mesa, la jarra de vino y el vino que no tomó, los sables, las empanadas que chorrean grasa, los papeles sucios en los que un amanuense transcribe mandatos, imprecaciones y sentencias, dice: Leo un libro interminable: El Quijote.

¿Ese manual que enseña cómo perder el tiempo de la manera más estúpida posible?, pregunta Alzaga, y la grieta opaca que se abre en su cara inescrutable y empecinada es como una sonrisa. Lea, doctor Castelli, El Cantar del Mío Cid: *Los españoles son buenos vasallos cuando tienen un buen señor.* Y lo tendrán, doctor Castelli. Un señor de la vida y de la muerte. Avísele a sus amigos. Dígales que ellos y usted están empiojados. Que la ideología luterana de igualdad, libertad y fraternidad la inspira El Maligno... ¿De qué se ríe, doctor? ¿De que mencione al Maligno? ¿De que Alzaga se parezca a esas viejas brujas a las que no se les va El Maligno de la boca? Los buenos vasallos entenderán a su señor cuando les hable de El Maligno. Alzaga es madera dura y se hará entender. Créame: cuando un palo duro cae sobre el lomo de la gente, la gente come mierda y besa la mano que maneja el palo. El Maligno existe y sopla vientos de peste. Los sopla en París, en España, en Europa. Y los sopla aquí, en estas tierras, para probar el temple de los soldados de Dios. Avise a sus amigos que el vino de los soldados de Dios es de buena cepa. Que no lo rechacen. Que se lo tomen. Que se lo tomen y llegarán a viejos.

Soy joven, dice Castelli, que nunca tuvo tanto frío como en esa infundada noche de julio. La familia de mi padre nació en Venecia, una ciudad en cuyos mercados se vende la alegría de vivir, la luz mediterránea que consoló al penoso Ulises, y los tallarines que Marco Polo trajo de la China.

Buenos Aires tiene más locos de los que necesita, dice Alzaga, los ojos como piedras lavadas por la sal y la niebla del mar. Dígale eso a sus amigos.

XIX

Cuando un hombre, que es joven y que se cree inmortal, siente que todo se derrumba —el porvenir vaticinado en los pactos con el Diablo, los sueños de inasible belleza, la utopía que se doraba como un pan en la inimaginada fragilidad de la conspiración—, busca a una mujer. Cuando todo se derrumba, la mujer queda, resiste. Nadie sabrá decir, nunca, por qué.

En la noche del 5 de julio de 1807, si la hubo, Belén le quitó, a Castelli, botas y capa mojadas por la lluvia de esa noche u otra, y las ropas humedecidas por la lluvia de esa noche u otra, y desnudo, lo bañó en un tacho de latón, en la cocina de la casa de Irene Orellano Stark.

Belén hundía sus manos en el agua caliente y jabonosa que llenaba el tacho de latón, en el que flotaba Castelli, los ojos cerrados, joven todavía, y creyéndose, todavía, inmortal, y las levantaba, cerradas como un cuenco sobre la cabeza de Castelli, y las abría, despacio, y un hilo grueso de agua caliente y jabonosa caía sobre el cuello y la cabeza de Castelli.

Castelli dejó de temblar, y Belén le frotó las carnes entumecidas, y las ablandó y las entibió. Castelli abrió los ojos, y miró a la mulata Belén,

que le pasaba las manos por las carnes que se
desentumecían, y que le contaba la huida de su
dueña, Irene Orellano Stark, hacia el Alto Perú,
como se la contó a inicios del otoño, cuando
parroquianos de pulperías y cafés, entre invoca-
ciones a la legendaria valentía hispana, risitas
socarronas, partidas de taba y billar, apostaban
dagas, patacones, caballos, mujeres, vino de
Burdeos, a quién acertaba en cuál lugar de la
costa desembarcarían, por segunda vez, los británicos, Dios los haga arder eternamente en el
infierno.

Belén contó, envuelta en el humo de las ollas
de agua que levantaba del fogón de la cocina, y
que dejaba caer en el tacho de latón, que la
señora Irene Orellano Stark apiló, en cofres
herrados, bolsas y más bolsas de monedas de
oro, y fuentes, aros, anillos, brazaletes, cubiertos y candelabros de plata, vestidos de seda y
raso, collares y piedras preciosas, y pieles de
Rusia, sábanas de hilo, colchas, cortinas y frascos de perfume. E hizo cargar, por sus esclavos, en tres retumbantes galeras, los cofres herrados.

Belén, envuelta en humo, contó que la señora Irene Orellano Stark hizo cargar, por sus
esclavos, en tres retumbantes galeras, los cofres
herrados, y que, cargados los cofres herrados
en las tres retumbantes galeras, contrató una
partida de hombres provista de fusiles, pistolas
y sables para que custodiase las tres retumbantes galeras y a los esclavos que distribuyó en las
tres retumbantes galeras.

Belén, envuelta en humo, secó el cuerpo desentumecido de Castelli con un toallón peludo, y contó que la señora Irene Orellano Stark dispuso que uno de sus capataces armase a los esclavos para que vigilaran, desde las tres retumbantes galeras, a la partida de hombres que contrató, el horizonte, y el tranco de los caballos que tirarían de las tres retumbantes galeras.

Belén, que secaba el desentumecido cuerpo de Castelli con un toallón peludo, contó que la señora Irene Orellano Stark, al pie de una de las galeras, le hizo repetir, por enésima vez, las instrucciones que le había impartido para que la casa, los muebles y objetos —incluida Belén— que no fueron cargados en las tres retumbantes galeras, quedasen a salvo de la codicia de los británicos.

Belén arropó a Castelli en un toallón seco, y le hizo sentar a la mesa de la cocina, y contó que las tres retumbantes galeras se lanzaron a una carrera desenfrenada, y que el polvo que levantó el galope insomne de los caballos tapó los árboles, el sol del otoño y hasta los techos de las casas. Y eso fue, contó Belén, que puso delante de Castelli un plato de sopa, una botella de vino, pan, un vaso, y un pedazo de queso, poco antes de que al doctor Castelli se le ocurriera visitar a la señora, que lo extrañaba, y que se preguntaba por qué el doctor Castelli, que la había divertido tanto en el verano, no se aparecía por la casa, pese a que la señora, que lo extrañaba, le avisó que lo extrañaba.

Castelli, esa noche, que la hubo, tomó la sopa que le sirvió Belén, el vino, y comió pan y queso y, con el cuerpo desentumecido, habló de los palacios encantados de Constantinopla y Alejandría, y de los puertos del mar Negro donde los venecianos compran sedas, pieles, perfumes, alfombras, especias, y venden la alegría de vivir. Castelli habló de Venecia y de Marco Polo, de la fiesta que Marco Polo ofreció en su castillo. Espero que me creas, Belén: la fiesta tuvo lugar en 1292, pero aún se comenta. Marco Polo se vistió de príncipe tártaro, tiró piedras preciosas sobre las mesas de sus invitados (piedras falsas, Belén: Marco Polo era veneciano, pero no zonzo), y dijo que las mujeres de la China eran suaves como el loto.

Castelli, esa noche, que la hubo, fue, otra vez, un joven profeta iracundo que embiste contra las columnas del templo.

XX

Llovía, en Buenos Aires, la noche del 5 de
julio de 1807. La noche del domingo 5 de julio
de 1807. ¿Hubo, en el tiempo, una noche de
domingo, un domingo de julio, y de 1807, ilu-
minada por las erráticas salvas de los fusiles, y
una lluvia, intermitente y fría, en la que usted,
señor Martín de Alzaga, me habló, empecinado,
inescrutable, distante?

Si la hubo, está tan lejos como el cielo que miré, hoy, a caballo, la leche de los ángeles en-
dulzándome la boca que ultrajó la cara de una
mujer. Tan lejos como usted, señor Alzaga, que
cuelga de un palo, está de mi, que, a caballo, lo
miro colgado de un palo. Lo miro con un sabor
dulce en la boca; lo miro, distante y empecinado, sin complacencia ni pedantería, y miro, despacio, sus piernas, oh, sus piernas, el pausado
vaivén de sus piernas duras, secas, amarillentas,
en el aire de julio. No se lo ve bien, señor Alzaga,
bajo el malsano cielo de julio. La chusma, fasci-
nada por el bamboleo de su cuerpo, y los cuerpos de su yerno, del capataz de sus empresas,
de su amigo, el muy pundonoroso Francisco
Tellechea, confraterniza, ávida e impune, pal-
meándose, besándose, aplaudiéndose en un pa-

yaso que se arrodilla y lame, extasiado, los palos de los que usted cuelga, y que recuerda a la chusma que confraterniza, excitada, ávida e impune, el lejano día en que Alzaga, señor de la vida y de la muerte, ordenó que lo flagelaran, en la plaza, para escarmiento de infieles, pecadores y franceses, y acaso, de la chusma, ávida e impune, que olvidó el placer que le depararon el silbido del látigo y los aullidos del flagelado

Aún escucho sus palabras, Alzaga, si hubo una noche de domingo, y de julio, y de 1807. Las escucho, a caballo, y palmeo el cuello de mi caballo, y mi mano resbala en el sudor del cuello de mi caballo, y mi mano se entibia, porque estoy vivo, en el sudor del cuello de mi caballo. Estoy vivo, y tan lejos de usted como la vida está de la muerte. Y tan cerca. Y ésa es la única verdad que acepto.

Estoy vivo y lo miro, perplejo, con un sabor dulce en la boca, bambolearse bajo el malsano cielo de julio. Y escucho sus palabras, las que me dijo una noche de domingo, en la que llovía: Soy el señor de la vida y de la muerte. Y ustedes están empiojados.

Nosotros, los empiojados —Moreno, Agrelo, Beruti, Vieytes, French, Warnes, y aun los vagos y mal entretenidos que huyen de minas y cañaverales, cepos, calabozos, jueces de paz, y de las milicias a las que los arreamos, engrillados, y que depredan vacas como si no hubieran hecho otra cosa en su vida—, lo escuchamos. Pero lo escuchó, también, Bernardino Rivadavia. Y hombres como Rivadavia, que aman al poder más que a sí mismos, más que a la mujer que desposaron, más que a la lealtad al amigo, más que a causa alguna de redención humana a la que se hayan entregado en sus años mozos, no se proponen morir jóvenes. Usted, precisamente usted, Alzaga, debía saberlo. Y lo ignoraba. O lo olvidó. Por eso cuelga de unos maderos infames.

Vuelvo a una habitación sin ventanas, enciendo un cigarro, y escribo: ¿Qué cambió, en el cielo y en la tierra, de un mes de julio, si lo hubo, a otro mes de julio, para que se trocaran las máscaras en la representación teatral? Escribo: ¿Qué es mi monólogo con usted, Alzaga, si no una escena, injuriada por el tiempo, de una inacabada representación teatral? ¿Qué es el señor Rivadavia si no el nombre con que Alzaga retorna al escenario?

Cambiaron las máscaras: la representación teatral no me cambió a mí, a Moreno, Agrelo, Vieytes, French, Warnes, y a los vagos y mal entretenidos que huyen, sin esperanzas, de los señores de la vida y de la muerte. No cambió a Buenos Aires ni al país.

Aquí, en esta ciudad y en este país, el contrato social que filosofó un licencioso ginebrino, ha sido suscripto por asesinos. Aquí, el gusto por el poder es un gusto de muerte.

Siempre, escribe Castelli, que enciende un cigarro en la noche del día de julio que miró a un vencedor colgado de una soga y de unos palos infames. Siempre, escribe Castelli.

Mira la palabra siempre, que escribió con un
pulso que todavía no tiembla, y dibuja un signo de pregunta antes de la ese, y otro después
de la e.

XXI

¿Quién escribe las preguntas que escribe esta mano? ¿El orador de la Revolución? ¿El representante de la Primera Junta en el ejército del Alto Perú? ¿El lengua cortada? ¿Quién de ellos dicta estos signos? ¿Acaso alguien que no es ninguno de ellos?

XXII

Castelli, a caballo, tiene frío. Envuelve sus manos en el cuero de las riendas, y afianza la puntera de las botas en los estribos. Se le enfrían los dientes. Tengo frío en los ojos, dice su lengua cortada, inmóvil en la boca nauseabunda.

¿Qué es eso que se vacía, erguido sobre la montura de un caballo? ¿Qué es eso que, erguido sobre la montura de un caballo, se enfría bajo la luz plomiza de un cielo de invierno? ¿Qué es eso que, erguido sobre la montura de un caballo, extravía su nombre en un espacio frío y vacío? ¿De quién son esos ojos que se vacían, en una cara que se vacía? ¿Qué es ese bulto oscuro, que se vacía, y en el vacío extravía su nombre, y que se deja llevar, pegado a la montura de un caballo, a través de una luz fría y vacía? ¿Qué monólogo del bulto oscuro que se deja llevar, pegado a la montura de un caballo, se diluye en la luz fría y vacía?

La luz se fragmenta. O es otra. Algo en el cuerpo erguido sobre la montura de un caballo, pronuncia, como otras veces que la luz se fragmentó o fue otra, el nombre de Castelli. Es el único nombre que conoce eso que habla, con una voz neutra, entre los dispersos fragmentos de la luz. Un nombre, apenas, dice eso que retorna del frío y el vacío. Me conozco por ese nombre ocasional. Cuando vuelvo del vacío, cuando recupero la palabra, ese nombre ocasional habla por mí. ¿Habla del estudiante que no termina de leer El Quijote, que se hizo traducir a Marat, y que se acostó, en una inadmisible noche altoperuana y en una tarde de Carnaval, con una dama más atenta a las eyaculaciones de un abogadito de corazón todavía docilísimo que a sus frenéticos sermones? ¿Habla del hombre, menos previsible que el abogadito eyaculatorio, que mira en los gritos de *afrancesado jacobino*, escupidos por la beatería patriótica, lo que no fue? ¿Habla de la muerte tan vieja como la injusticia? ¿De su muerte, que no eligió, y que pacto alguno ha de diferir? ¿Todo eso es Castelli?

Castelli, que retorna del frío y el vacío, que recupera, entre fragmentos de luz fríos y vacíos, las marcas que lo identifican, escribe sin aborrecerse: Quiero a una mujer cuyo nombre es, ahora, Angela.

Castelli, que retornó del frío y el vacío, oye, apagada, la pululación de los que vomitan picardías sobre unos despojos que cuelgan de maderos infames, en una plaza consagrada a las más bellas efusiones del espíritu porteño. Castelli, a caballo, de espaldas a la plaza y a los vómitos, mira el muro amarillo de la Recova, las puertas negras y cerradas de los comercios que venden pescado, frutas, telas, perfumes, tasajo y peines, y se pregunta por qué un señor de la vida y de la muerte no concibió la posibilidad de que lo colgaran de maderos infames y que, al pie de esos maderos infames, fraternizaran, en la plaza que el espíritu porteño consagró a sus más bellas efusiones, los patrones de los comercios de la Recova y sus dependientes, las lavanderas y sus dueñas, artesanos, pescadores, putas y alcahuetas, jugadores de billar, taba y naipe, malevos, curanderas, charlatanes de velorio, guitarreros y cuchilleros de profesión. Muchas preguntas en la boca de Castelli. Y dientes que se enfrían. Y pus. Y llagas. Muchas preguntas, escribe Castelli. La noche se va, escribe Castelli.

Larga mañana, piensa Castelli. Largo día, piensa Castelli, el malsano cielo de julio sobre su cabeza. Estoy flojo. Y el día es largo, piensa Castelli.

Eso que llaman Castelli, ese bulto informe y exhausto que baja, despacio, del caballo, echa un chorro de leche de ángeles en su boca. Eso que llaman Castelli, la cara pegada a la montura del caballo, mira el muro amarillo de la Recova, las puertas negras y cerradas e incrustadas en el muro amarillo de la Recova, y el silencio del largo día de julio que se pega, untuoso, a las puertas negras y cerradas e incrustadas en el muro amarillo de la Recova.

Eso que llaman Castelli sube, despacio, una escalera. Cuenta, despacio, los peldaños de madera. Entra a una pieza. Se sienta, aterido, exhausto, en un banco, de cara a la puerta. Lo separa, de la puerta abierta de la pieza, una mesa. Cierra los ojos.

Eso que está ahí, aterido, exhausto, sentado
en un banco, de cara al río, los ojos cerrados,
espera. Esperé. Me envolví en la capa, apoyé la
cabeza en la pared, y esperé. Olí, los ojos cerrados, carne que se asaba. Y el río. Y el silencio,
untuoso, del largo día de julio. No sé en qué
hora del largo día de julio escuché, los ojos cerrados, la pata de palo de Segundo Reyes gol-
pear en los peldaños de la escalera. Conté los
golpes, abrí los ojos y alisé el papel que, en una
mañana de un largo día de julio, una generosa
dama me alcanzó para que yo escriba. ¿Dónde
está Belén?

Segundo Reyes leyó ¿Dónde está Belén?, y se
rió como puede reír un negro. Dijo, cuando
paró de reír, que en Buenos Aires se asegura
que aquello que Segundo Reyes desconoce no
vale la pena averiguarlo. Y ahí estaba el doctor
Castelli, dijo, en la pieza del negro Segundo
Reyes, capitán del ejército del Alto Perú, tirán-
dole un papel debajo de los ojos, igual que en
los buenos y viejos tiempos, cuando largaba
papeles, hora tras hora, que cambiarían al mundo. Como ése, dijo, en que el cojonudo doctor
Castelli se rebajó a pedir permiso a los señores
de la Junta para otorgarle el uso de *Don* a un
oficial de Morenos, *muy recomendable por sus virtudes sociales y militares.* Eso tuvo su gracia, dijo,
si algo es gracioso en este mundo.

Dijo que el negro Segundo Reyes caminó, tem-
pranito, hasta la plaza, para ver al señor Don
Martín de Alzaga colgado de una horca. Y vio
cómo lo colgaban de la horca, a lo perro. Dijo

que eso, con perdón de Dios, también era gracioso.

Dijo que recordaba al negro Segundo Reyes, esclavo de Don Ambrosio Reyes, disparar sobre los ingleses, en el año siete, haciéndose encima. Y al doctor Juan José Castelli exhortándolo a que no se avergonzara: la libertad no tiene el perfume de un ramo de azahar, dijo el doctor Castelli, en el año siete, desde una azotea, los brazos abiertos y la entonación de un cantante de ópera. Y qué contestó el esclavo Segundo Reyes, sorbiéndose los mocos y oliendo a mierda de negro. Segundo Reyes dijo que no recordaba qué le contestó, en una azotea del año siete, el mierdoso esclavo Segundo Reyes al doctor Juan José Castelli, ¿Y no era gracioso que el capitán Segundo Reyes olvidara qué contestó el esclavo Segundo Reyes?

Dijo que recordaba a unas niñitas, vestidas de blanco, dulces y pálidas como la Virgen María, que extraían de una urna, en el atrio de Santo Domingo, unos papelitos blancos y perfumados con los que Buenos Aires, ciudad agradecida, rifó la libertad de una pandilla de negros mierdosos. Dijo que no olvidaría esos papelitos blancos y perfumados: en uno de esos papelitos blancos y perfumados, una mano esmerada escribió Segundo Reyes.

Segundo Reyes dijo que el recuerdo es peor que Dios cuando pierde la paciencia, que la viruela, que la sífilis, que el hambre, que el escorbuto. Dijo que recordaba al doctor Juan José Castelli, en el ejército del Alto Perú, jurándole

que un hombre libre es igual a otro hombre libre, y que donde fuesen las armas de la libertad
darían tierra, pan, trabajo y escuelas a blancos,
negros e indios. Dijo que escuchó al doctor Castelli como se escucha al Mesías, y que marchó
por las calles de piedra del Alto Perú, él, Segundo Reyes, vestido con el uniforme de un
hombre libre, detrás del doctor Castelli, y de los
tambores de un ejército de hombres libres que
tronaban en las calles del Alto Perú. Dijo que recordaba a las damas de Potosí, madres e hijas y
hermanas de propietarios de minas, viñedos,
tierras, vacas, azúcares y bancos, de pie en los
balcones de madera labrada y piedra de Potosí,
mirándolos desfilar por las mismas calles en que
caballos de piel sedosa le arrancaron el alma a
un tal Condorcanqui. Dijo que recordaría, mientras viviese, cómo esas damas los miraban, cómo
tomaban chocolate en cónicas tazas de plata,
cómo educaban a sus perros y perfumaban sus
coitos para que les guardaran minas, viñedos,
tierras, vacas, azúcares y bancos, y cómo le hicieron olvidar a los caballos de piel sedosa que le
arrancaron el alma a un tal Condorcanqui. Dijo
que, al perfecto idiota que era, le cortaron me-
dia pierna después de la batalla de Suipacha, y
que eso no fue muy gracioso, y tampoco fue
muy gracioso volver a Buenos Aires con una
pata de palo, y aprender, en Buenos Aires, a
bajar de la vereda cuando se le cruza, a un negro
pata de palo, un propietario de minas, viñedos,
tierras, vacas, azúcares, bancos, perros guardia-
nes y coitos perfumados.

Segundo Reyes dijo que recordar era tan gracioso como olvidar. Dijo que él vendía pescado. Que salía, en un bote, de madrugada, a pescar, estuviese, bravo el río o no. Y que, en medio del río, le daban mareos de sólo pensar en los bienes y riqueza de los señores Anchorena. Dijo que los señores Anchorena no vendían pescado. Que él era un hombre libre y los señores Anchorena eran hombres libres, y que eso también le daba mareos. Dijo que él, que combatía los mareos con un trago de alcohol, era un perfecto idiota: quien cree en la palabra del Mesías es un perfecto idiota. Y que él lo era, y no permitiría a nadie que pusiese en duda que él era un perfecto idiota. Dijo que los señores Anchorena creían en los pagarés. Dijo que él vendía pescado.

Segundo Reyes miró a Castelli, la cara flaca de Castelli, los ojos desteñidos en la cara flaca de Castelli, la cabeza recostada en la pared, las lágrimas que corrían en la cara flaca de Castelli. Segundo Reyes se inclinó hacia la cara flaca de Castelli, hacia las lágrimas que descendían por la piel de la cara flaca de Castelli y, doblado sobre la mesa, jadeó.

Segundo Reyes, que se inclina hacia las lágrimas que se deslizan por la piel de la cara flaca de Castelli, jadea y el jadeo invade el silencio untuoso de la pieza, y devora el eco de las meditaciones del vendedor de pescado acerca de la palabra del Mesías y la idiotez humana.

Segundo Reyes, que jadea —y el estertor de su jadeo disipa, en la cara flaca de Castelli, unas lágrimas lentas y opacas—, susurra:

—¿Tan mal están las cosas?

Castelli mueve la cabeza de arriba para abajo. Segundo Reyes, que jadea, gira sobre la pata de palo, y sale de la pieza. Castelli, que cierra los ojos, cuenta los golpes de la pata de palo en los peldaños de la escalera. Castelli abre los ojos y cuenta, otra vez, los golpes de la pata de palo en la escalera. Segundo Reyes entra a la pieza. Sostiene, a la altura del pecho, una bandeja. De la bandeja descarga, en la mesa, dos platos, dos vasos, cubiertos y una botella de vino. En cada plato, humea una tira de carne asada. Sirve vino en los vasos. Le acerca un vaso a Castelli. Le acerca un plato a Castelli, y con el cuchillo y el tenedor desmenuza la tira de carne asada que humea en el plato de Castelli.

—Coma, amigo —susurra Segundo Reyes.

XXIII

Castelli sujeta a su capa, con un alfiler o pren-
dedor, o gancho o alambre o lo que sea que le
alcanzó Segundo Reyes, el papel en el que se
lee SOY CASTELLI. Monta en su caballo, de
cara al muro amarillo de la Recova, a las puertas negras y cerradas de los comercios que venden pescado, fruta, telas, perfume, tasajo, peines, aretes y collares de vidrio, incrustadas en
el muro amarillo de la Recova y, al tranco del
caballo, el papel en el que se lee SOY CASTE-
LLI sujeto a la capa, va al encuentro del hombre que compró a Belén. Masticó, despacio, la
carne que Segundo Reyes desmenuzó en su plato, tomó vino, encendió un cigarro, ofreció un
cigarro a Segundo Reyes, y fumaron. Vaciaron
la botella de vino, y Segundo Reyes descorchó
otra. Fumaron en silencio, y tomaron vino en
silencio, Castelli de cara al río, a la tarde de
invierno, y Segundo Reyes de espaldas al río, a
la tarde de invierno.

Segundo Reyes, de espaldas al río, a la tarde
de invierno, describió, con la exactitud, rapidez
y frialdad de quien no desea que le hagan repetir los términos del mensaje que transmite, a la
persona que compró a Belén, y dónde vivía,

hasta ayer nomás, la persona que compró a Belén.

Castelli oyó a Segundo Reyes, y Segundo Reyes, de espaldas al río, el cigarro en la boca que susurraba, los ojos quietos en la cara oscura, repitió que recordar es peor que compadecerse de una puta que lamenta la pérdida de su inocencia, peor que Dios cuando se impacienta. Dijo que recordaba esa serranía cordobesa, a la que llegaron extenuados, hombres y caballos, envueltos en polvo hombres y caballos, y la mañana de agosto, helada como el infierno, los arbustos del monte y las piedras del monte helados como el infierno, y a Castelli que ordena atar a los alzados contra la Revolución a unos árboles desnudos y negros, y los hombres que galoparon sin parar, desde Buenos Aires, oyen, furiosos, callados, exhaustos, envueltos en polvo, el estómago revuelto, el llanto y las súplicas de los alzados contra la Revolución, sujetos con sogas y lazos a árboles desnudos y negros, de ramas negras y retorcidas como quejidos. Oyen —susurra Segundo Reyes, los ojos quietos en la cara oscura como si contemplasen fluir el susurro— a los alzados contra la Revolución, que se retuercen y claman al Dios misericordioso que les dio vida, familia, fortuna y títulos a unos y otros: a ellos, envueltos en una niebla helada como el infierno, atados a árboles negros y desnudos, y a los hombres que, furiosos y callados, galoparon desde Buenos Aires, sin parar, hasta que desmontaron, envueltos en polvo, en esa serranía cordobesa desolada como el infierno. Oyen a los condenados invocar los lazos de sangre, familia y fortuna que los ligan a los hombres que, furiosos y callados, galoparon desde Buenos Aires, sin parar, noche y noche, con la muerte oprimiéndoles el estómago. Oyen a Castelli, que lee una carta de Liniers, el jefe de los alzados contra la Revolución, en la que pide el ajusticiamiento de los hombres que, desde Buenos Aires, galoparon, furiosos y callados, hasta esa mañana helada como el infierno, con la muerte oprimiéndoles el estómago. Oyen a Liniers, que no llora, no gime, no suplica, que exige, de pie en la mañana helada como el infierno, a los hombres furiosos y callados y exhaustos, que le apunten al pecho, que no le venden los ojos. Oyen a Castelli, la voz helada como el infierno, dar la orden de fuego. Y Segundo Reyes furioso y callado y exhausto, tira del gatillo de su fusil, en la mañana helada como el infierno.

Segundo Reyes —los ojos en la cara oscura, quietos, como si acecharan, en el susurro, algo que, antes, no percibieron— susurra que el coronel French se inclina, en la mañana helada como el infierno, sobre el cuerpo ensangrentado de Liniers, la pistola en la mano temblorosa, y que él, que tiró del gatillo de su fusil, y que supuso que la bala que impulsó el gatillo del fusil se cobraba la cacería de carne en Africa, baja los ojos, en la mañana helada como el infierno.

Dijo que recordaba la luz de la mañana como un agua sucia, y a él que, en la mañana helada como el infierno, no se anima a mirar al coronel French, que es blanquito, sí, pero que ya no es el petimetre elegante, impetuoso, seductor, que reparte tiras escarlatas a lampiños bebedores de caña comprometidos a asaltar un poder que dura tres siglos, o que corteja, burlón, elegante, impetuoso, a muchachitas casaderas en los bailes con que Buenos Aires celebra sus victorias sobre los ingleses. Dijo que a él le contaron que el coronel French se irguió, envuelto en polvo, furioso y callado, y exhausto, los ojos en la cabeza destrozada de Liniers, y que la cara del coronel era como de yeso, que la pistola le humeaba en la mano temblorosa, y que el coronel French olía a caca. Dijo que él se desprendió de las sombras de su alma —y más vale que el doctor Castelli no le preguntara por qué— como de un sombrero gastado, como si no hubiesen sido el pan de hierro que alimentó su ira, sus abominaciones, la pesadilla de sus años de laucha asustada en la que, incesante, una mujer blanca, blanquísima, la cara gozosa entre las tetas rubias, lo monta, lo azuza con refulgentes espuelas de oro para que galope, desnudo, en cuatro patas, el sudor relampagueándole en la piel, infatigable y extasiado, por una habitación de paredes blandas, aterciopeladas e infinitas.

Dijo que él, que es un perfecto idiota, creyó en las palabras del doctor Castelli, como se cree en la palabra del Mesías, y en las de los libros que el doctor Castelli le indujo a descifrar, y que creyó en eso de que un hombre libre es igual a otro hombre libre. Y que así llenó su alma, si es que el Señor dio alma a los negros. Dijo que se ganó las insignias de capitán en las cargas de caballería del ejército del Alto Perú, tripas o alma llenas de palabras, al lado de blanquitos que creyeron, como él, que un hombre libre es igual a otro hombre libre, y que morían, en el viento de la carga, el sable en una mano, y con la otra golpeándose la boca, *aaaaaa.* (Segundo Reyes corta el susurro de su boca, y golpea, con la palma de su mano, la boca que susurraba, y el *aaaaaa* baja, largo y furioso, a la silenciosa tarde de invierno).

Dijo que él, un perfecto idiota, sabía casi todo lo que debe saber un perfecto idiota. Dijo que él, un perfecto idiota, conocía casi todas las respuestas. Deseaba, dijo, que el doctor Castelli le contestase una sola pregunta: si se la contestaba, él tendría todas las respuestas.

Dijo que el doctor Castelli tenía la misma cara que él le vio aquella mañana helada como el infierno, cuando fusilaron a los alzados contra la Revolución, y en la desbandada del Desaguadero.

Dijo que se le había terminado el vino, y que, entonces, era bueno que se quedara con preguntas sin contestar.

Dijo que el doctor Castelli se prendiese, en la capa, el papel en que se lee SOY CASTELLI.

Dijo, en un susurro, que él vende pescado.

XXIV

El hombre es bajo, calvo, de brazos largos y delgados, y tórax ancho. Una orla de pelo, color cobre pálido, le corre desde las patillas a la nuca. La piel de la cara es rosada, como la de un bebe. Lee el papel prendido en la capa de Castelli, y sonríe: los colmillos de su boca están envueltos en láminas de oro.

—Pase, doctor Castelli —dice el hombre que sonríe—. Lo esperaba.

Castelli entra a una habitación pintada de blanco. En el hogar de la chimenea, crepitan unos leños. Hay, en la habitación, pintada de blanco, una mesa, y alrededor de la mesa, tres sillas. En el centro de la mesa, dos hojas de papel en blanco, una pluma, un frasco de tinta, un botellón y dos copas.

—Siéntese, por favor —dice el hombre que sonríe. Castelli se sienta frente a las dos hojas de papel en blanco, la pluma, el frasco de tinta, el botellón, lleno hasta la mitad, y las dos copas. Castelli se desprende de la capa, que huele a bosta y sangre, y deja que caiga sobre el respaldo de la silla en la que se sentó. Castelli escribe, en la primera hoja de papel en blanco, con una letra apretada y aún firme, Quiero a Belén, y empuja la hoja hacia el hombre que sonríe. El hombre que sonríe lee Quiero a Belén, y pregunta:

—¿Brandy?

Castelli mueve la cabeza de arriba para abajo. El hombre que sonríe alza el botellón, sirve brandy en las dos copas y, con las manos tomadas a la espalda, dice:

—Mi nombre es Abraham Hunguer. Nací en Pinter, un barrio bajo de Londres. Mis padres eran judíos. Llegaron los padres de los padres de mis padres, a Londres, con documentos fraguados. Falsificar documentos y hacerlos pasar por auténticos no es difícil: eso se sabe. Las caras, los cuerpos, el terror a la execración que el judío incorpora a su carne, el mandamiento de pueblo elegido que sobrelleva, contra toda lógica, y que narra, en la celebración furtiva del sábado, no se adulteran. Esos dos hechos —haber nacido en un barrio de ratas miserables, hambrientas y feroces, y descubrir, en cuanto me destetaron, que la identidad la da el cuerpo— me llevaron, como de la mano, a comprar, por unos pocos peniques, a alguien más miserable y hambriento que yo, un cuchillo. Fue el primer negocio que emprendí. Y el más exitoso de mi vida.

Castelli escribe Quiero a Belén en la segunda hoja de papel en blanco. Abraham Hunguer, que no sonríe, las manos tomadas a la espalda, camina por la habitación pintada de blanco.

—Puedo contarle historias ridículas y horribles del mundo de ratas miserables, hambrientas y feroces, en el que creció alguien que compró un cuchillo por unos pocos peniques —dice Abraham Hunguer, que no sonríe, y que camina, veloz y silencioso, por la habitación pintada de blanco, las manos tomadas a la espalda—, y que ensalcen, como si el relato de esas historias ridículas y horribles no se lo propusiera, el valor casual, la inteligencia y la astucia casuales de alguien que compró un cuchillo por unos pocos peniques. Pero usted y yo no somos hombres de perder el tiempo en complacencias nostálgicas.

Abraham Hunguer, el paso veloz, silencioso y continuo, sirve brandy en la copa de Castelli y sonríe.

—Soy un traficante de armas —dice Abraham Hunguer, que sonríe—, yo, que compré un cuchillo por unos pocos peniques. Vendí armas al general Washington; a los polacos para sus sublevaciones, siempre fallidas, contra el zar; a los españoles, sin mayor entusiasmo, para que molesten a Napoleón; a los criollos que, como usted sabe, no cesan de matarse entre sí, para que expulsen a los españoles de América. Las guerras me hicieron rico; el negocio de la guerra me trajo a Buenos Aires.

El paso de Abraham Hunguer es veloz y silencioso, y Castelli, que no oye ni oirá el paso veloz, silencioso y continuo de Abraham Hunguer, como si Abraham Hunguer fuese un recipiente inmóvil, olvidado en un rincón familiar y cuya forma deshace, menoscaba, la luz de la tarde, vacía su copa, los ojos desteñidos y helados en la cara flaca, quieto y rígido en la silla, a la espera de lo que intuye que vendrá de quien compró un cuchillo para sobrevivir al miedo, la miseria, la doblez.

—Unos compatriotas míos —dice Abraham Hunguer, que sirve brandy en su copa y en la de Castelli— me comentaron, a poco de llegar yo a esta ciudad, que vendieron una muchacha mulata, y que en pago recibieron unas barricas de yerba suave remitidas desde el Paraguay. Abraham Hunguer, me dije, he aquí un país barato. Un país para que te quedes a vivir. Estás viejo, Abraham Hunguer, me dije. Dormirás tranquilo, Abraham, sin pensar en el joven forzosamente astuto y osado, y suficientemente idiota, cualquiera haya sido su cuna, como para saltar sobre tu cuchillo porque cree que es un salmo de alabanza al Señor. El país me gusta, creo que lo dije, y me gusta el invierno de Buenos Aires. Los ingleses, aquí, son respetados, como si vivieran, cada uno de ellos, en el West End —ése no es mi problema—, yo soy inglés —ése es mi problema—, y moriré mucho antes de agotar la fortuna que obtuve en el mejor negocio de todos los tiempos. Pensé: las mujeres buenas van al cielo, las malas se casan con ingleses. Entonces, compré a la señorita Belén.

Castelli, que espera que el alcohol amortigüe los tirones que le abrasan la boca y afloje esa mano que le acaricia el corazón, escribe, por tercera vez, en la segunda hoja de papel, la letra apretada y aún firme, Quiero a Belén.

—Descubrí, para mi felicidad —dice Abraham Hunguer, que se sienta frente a Castelli, y se rasca, sonriente, el manojo de pelo, color cobre pálido, que le cubre la nuca—, que no hay nada que la porteña cuide con mayor escrupulosidad que sus pies. La señorita Belén tiene hermosos pies, y su calzado es perfecto. A decir verdad, pagué a la señora Irene Orellano Stark lo que me pidió, contraviniendo la ética de mi profesión, por el placer de contemplar, a cualquier hora del día, los pies calzados de la señorita Belén. Los ingleses, no todos, claro, somos, ¿cómo decirlo?, algo fetichistas. Prolijos. Sobrios. A nuestros príncipes se les azota el trasero, y en público, por tocar, en un arrebato que se repite, Dios sabrá por qué, abominable y desesperado, las nalgas y los pechos de las camareras cuando visitan, de incógnito, ciertas tabernas de Londres. La reprimenda es invariable: doce latigazos, que abren verdugones nuevos sobre las cicatrices de los verdugones viejos. A los príncipes se les arruga, prematuramente, la carne de sus traseros, pero los que no somos príncipes aprendemos a ser discretos.

Abraham Hunguer, que sonríe, sale de la habitación pintada de blanco, y regresa, veloz y silencioso, antes que Castelli se aperciba de su regreso, como si nunca se hubiera movido de su silla, como si nunca hubiera recorrido, con un paso veloz e inaudible, el piso de la habitación pintada de blanco, como si aún hablara, sentado frente a Castelli, del éxito, acaso demencial, de *Under the blade*, canción que glosa, en letra chabacana y estridente, las intensas peripecias que afrontó un cuchillo adquirido en el callejón de Bitterflesh, en el barrio de Pinter, y cuyo autor la entona, con voz ajada, en las tabernas que, de incógnito, frecuentan los príncipes de la corte británica para explorar las redondeces de las camareras, y que tararean, entre dientes, al bajarse los pantalones y recibir, con un placer sobriamente perverso, los fustazos de la reprimenda.

—Se le enfría el té, doctor Castelli —dice Abraham Hunguer, que sonríe y abusa de los adjetivos, los colmillos envueltos en láminas de oro, sentado frente a Castelli, y a la taza de té que humea junto a la pluma, el frasco de tinta, el botellón de brandy y los dos papeles en los que Castelli escribió Quiero a Belén—. En los Estados Unidos tuve oportunidad, gracias a mi antigua relación con el general Washington, de acceder al informe de un agente de la Secretaría de Estado que pasó por Buenos Aires. En ese documento —redactado por un misionero que desciende del *Mayflower* y de la mano de Dios— se lo menciona, doctor Castelli. ¿No es un milagro que yo leyera que el 22 de mayo de 1810, *el doctor Castelli, hombre de destacado talento y audaz intrepidez, que fue en todo momento el principal instigador de la revolución, expuso en una réplica fogosa el proceder tiránico y la conduta venal del virrey depuesto y de sus corrompidos ministros, hizo ver enérgicamente la necesidad de un cambio y ridiculizó los principios expuestos por aquel ilustre hipócrita (volviéndose hacia el obispo de Buenos Aires), de que los reyes derivaban su poder del cielo. Prorrumpió entonces en un torrente de invectivas tales contra el obispo que éste se vio obligado a retirarse de la asamblea?* Ese distinguido agente de la Secretaría de Estado no omitió subrayar en su informe que el doctor Castelli *es el más capaz, el más elocuente, el más corrompido y el más carente de principios de los cabecillas de la revolución.* ¿Cómo se dice, aquí, *nonsense?* Bah: los misioneros norteamericanos no saben de qué hablan cuando hablan de principios... En fin, ¿no es una casualidad excepcional que yo haya copiado ese informe, sin conocerlo a usted, y que, hoy, usted y yo tomemos té como si fuéramos, en verdad, dos caballeros?

Abraham Hunguer, que no sonríe, guarda, sentado frente a Castelli, en un bolsillo de su chaleco de seda azul, lo que dijo era la copia del informe de un agente de la Secretaría de Estado de los Estados Unidos de Norteamérica.

Castelli, la cara rígida y flaca, echa un chorro de leche de ángeles en su boca. Descargas de hielo estallan en los bordes tumefactos de la lengua cortada. Una mano de hielo le acaricia, dulcemente, el corazón. Largo día el suyo, Castelli. Emporcó las mejillas de una dama. Vio bailar, colgado de una soga, a un hombre de coraje. Recordó a Agrelo que, con la voz que usa en sus peores momentos, le escribió: En individuos de la clase de Alzaga, el coraje es una costumbre. Esos, de los nuestros, que fueron más lejos que su propia sombra, ésos, ésos tienen coraje. Después, un oficial del ejército del Alto Perú le contó que vende pescado. Y, ahora, Castelli sabe que va a oír lo que un viejo judío, que compra un cuchillo todas las noches de su vida, en el callejón más sórdido de su memoria, dice ya. Y lo que dice ya es inevitable como el verano, el otoño, la casualidad.

Abraham Hunguer, que no sonríe, que se masajea las manos, sentado frente a Castelli, le pregunta a Castelli si él, Castelli, le dará, a Belén, la libertad: ¿Usted, doctor Castelli, que es como Cromwell, se irá a vivir con Belén, una mulata, a la luz del día, Belén igual a Cromwell, Belén igual a usted, que es tan inflexible e indomable como Oliver Cromwell, Belén igual a usted, que es Cromwell, si Buenos Aires fuera Londres y si el Támesis fuera el Río de la Plata? La era de la revolución terminó: usted lo sabe, mister Cromwell. ¿Proclamará, mister Cromwell, en la era que puso fin a la revolución y sus hechizos, que una mulata es su igual, y que vivirá con ella, a la luz del día, él igual a ella?

Castelli escribe en la hoja de papel donde escribió, dos veces, Quiero a Belén, con una letra apretada y aún firme: Un hombre solo no va más lejos que su propia sombra.

XXV

Angela miró el cuaderno abierto, miró las dos últimas páginas escritas del cuaderno, y puso sus manos en la mía, en la que sostenía, todavía, la pluma. Acercó sus labios a mi frente, y dijo que yo tenía fiebre. Dijo que iba a buscar al doctor Cufré. La retuve unos segundos, di vuelta las dos últimas páginas escritas del cuaderno, y en la página en blanco que seguía a las dos últimas páginas escritas del cuaderno, escribí tres palabras.

Ella leyó las tres palabras que mi mano escribió, y besó la mano que escribió: Angela, llámeme Castelli.

Cuaderno 2

I

¿Cuándo escribe uno al amigo? Cuando las
palabras que escribe no delatan su sufrimiento
y su orgullo. Cuando ni los blancos de la escritura traducen su sufrimiento y su orgullo. (Hasta ahí el código que identifica, dicen, a los escri-
tores perdurables. Pretendo no transgredirlo;
sin embargo, prefiero que no me consideres
miembro de esa raza de desatinados).

Te escribo, entonces, desarmado, y me acojo
al sueño eterno de la revolución para resistir a
lo que no resiste en mí. Te escribo, y el sueño
eterno de la revolución sostiene mi pluma, pero
no le permito que se deslice al papel y sea, en el
papel, una invectiva pomposa, una interpela-
ción pedante o, para complacer a los flojos, un
estertor nostálgico. Te escribo para que no con-
fundas lo real con la verdad.

Angela llamó al doctor Cufré. El doctor Cufré me revisó. Me palpó el cuerpo (y yo cerré
los ojos, y odié eso, que me palpara el cuerpo, y
el odio me fue útil: se anticipó al previsible diag-
nóstico, y estaba allí cuando el previsible diagnós-
tico llegó. Y yo sonreí). Me palpó el cuerpo, te
digo, me obligó a abrir y cerrar los ojos, puso su
oído en mi pecho y espalda, y me recetó más

indigencias de las que podría consignar en estas líneas urgentes.

Harto, desasido de mis penurias, me dediqué a observarlo. (Observar a los otros, distanciado de los otros: he ahí el remedio puntual para olvidar las injurias del cuerpo). Conocí a Cufré en el Norte, alto, pesado, impasible en las horas de desastre. Suturaba heridas, cortaba piernas, velaba moribundos. Trabajó con esa aterradora eficacia que le vi desplegar en las efímeras horas del triunfo. Quizá con un mayor ensimismamiento; con una precisión que imponía silencio a los quejosos, y algo de pudor a los pusilánimes. Ese hombre obstinado se mostró impasible ante el desastre, como si del otro lado del campamento el enemigo no engrasase las sogas que ajustarían a nuestros cuellos, como si no llegase, al campamento, el tufo de la borrachera del enemigo, los suplicios que el tufo de la borrachera del enemigo nos prometía, como si no estuviese rodeado, en la hora desesperada del desastre, de pusilánimes, de quejosos, de súbitos caballeros que, subrepticiamente, olían el cambio de viento y se avenían a conciliar con el enemigo y a abjurar de sus vaticinios infalibles y de la infalibilidad de la revolución que exaltaron en las horas efímeras y tempestuosas y frágiles del triunfo.

Contemplé su cara, otra vez, cuando los pusilánimes anunciaron que me llevarían a juicio, a mí, engendro perverso de una revolución por cuyo mandato escribí a indios y esclavos *somos iguales somos hermanos*, y que testimoniarían contra mí los que concilian con el enemigo, y abjuran, despiertos o dormidos, desde que se consumió la hora efímera y tempestuosa y frágil de la revolución, de los horrores de la revolución, como si la revolución los hubiese defraudado, como si en alguna Sagrada Escritura se les hubiese asegurado que la revolución es un tratado de urbanidad, como si los que abjuran ignorasen que las buenas maneras no coexisten con la revolución bajo un mismo cielo, si hay un mismo cielo para las buenas maneras y la revolución.

No leí nada en su cara, te digo. Preparó su flaca valija, y marchó a Buenos Aires junto a los pocos que no creemos que Mayo haya sido el *ôtez vous de là que je m'y mette* que circula en inciertos papeles americanos como el perfil ponderado de nuestros antagonismos, y del que me habló, una tarde de julio, un judío discreto y paciente.

En el tribunal se levantó, pesado, impávido, la cara en la que nada se leía, los ojos fríos que miraban algo que no estaba en el tribunal, y su voz, fría, dejó caer unas pocas y frías y simples palabras: Exijo que se me acuse de aquello que se acusa al doctor Castelli. Y se sentó, pesado, impávido, los ojos fríos que miraban algo que no estaba en el tribunal, y sus pocas palabras, frías y simples, quedaron ahí, sobre nosotros, suspendidas en el aire rancio del tribunal, y ahí, sobre nosotros, suspendidas en el aire rancio del tribunal, empezaron a ser otras, a hablar, acaso, de un hombre y de la incorruptibilidad de un hombre, del valor y la incorruptibilidad de un hombre que no se somete a los dictámenes de la realidad. Ese es el hombre a quien me permití observar, y que me permitió olvidar las injurias del cuerpo.

Cufré —¿te lo dije o no?— pronuncia una palabra por hora. Me tapizó la boca con no sé qué menjunje del diablo, limpió sus herramientas, lavó sus manos, y alto, pesado, impávido, me dijo: Hizo lo que no debía. Le escuché y escribí en una hoja de cuaderno: Recuerdos de mi oficio. Cufré leyó lo que escribí con una letra angulosa, frágil, de viejo, y dijo, alto, pesado, impávido: Hizo lo que no debía. Escribí: ¿Me lo reprocha? Cufré recogió su flaca valija de médico, y dijo, la cara en la que nada se leía: Es una comprobación. Le escuché y sonreí. Hacía mucho tiempo que yo no sonreía.

Me veo, en alguna de las desveladas noches en que recupero al orador de la revolución, al representante de la Primera Junta en el ejército del Alto Perú, montando a caballo y largándome sin rumbo, el sol en la cara. (Ocurre en la mañana —¿te lo dije ya?—, y el río yace tenso, inmóvil y violáceo contra el horizonte). Cansado y joven, hundo la mano en el bolsillo de la chaqueta, y alzo la pistola, lustrosa, aceitada, a la altura de mi corazón. (Toco, ahora, ese bulto duro, lustroso y aceitado que reposa en el bolsillo de la chaqueta que visto, junto a papeles arrugados en los que, todavía, se lee SOY CASTELLI y PAPEL PLUMA TINTA). Veo, cuando alzo la pistola, lustrosa, aceitada, a la altura del

corazón, el río, inmóvil y tenso y violáceo contra el horizonte, y el sol, quizá, al este del horizonte, y a Moreno, pequeño y enjuto, de pie
sobre el piso de ladrillos de su despacho en el
Cabildo, la cara lunar, opaca, que no fosforece,
bajo el alto techo encalado, que me dice, con
esa como exhausta suavidad que destilaba su
lengua e impregnaba lo que su lengua no repe-
tiría, vaya y acabe con Liniers. Escuche, Castelli,
a Maquiavelo: Quien quiera fundar una República en un país donde existen muchos nobles,
sólo podrá hacerlo después de exterminarlos a
todos. Extermine a Liniers y a los que se alzaron con Liniers. Extermínelos, Castelli. Veo, la
boca de la pistola apoyada contra la carne y los
huesos que cubren mi corazón, a Moreno, la
cara lunar, opaca, que no fosforece, como si flo-
tase en los girones de sombra que la noche de
julio instala en su despacho, y que dice, suave la
voz y exhausta: Si vencemos, se hablará, por
boca de amigos y enemigos, todo el tiempo que
exista el hombre sobre la tierra, de nuestra
audacia o de nuestra inhumana astucia. Si nos
derrotan, ¿qué importa lo que se diga de nosotros? No estaremos aquí, Castelli, para escu-
charlos, ni en ningún otro lado que no sea dos
metros debajo de donde crece el pastito de
Dios.

Sin precipitarme, la luz del sol y de la mañana en mi cara, aprieto el gatillo. El caballo tal
vez se sobresalte por la detonación —no demasiado: viene de la guerra—, pero, luego, cuando
se serene, paseará un cuerpo, caliente aún, que

ya no pertenece a nadie, por la ciudad que ese cuerpo amó.

En esas desveladas noches de las que te hablo, pienso, también, en el intransferible y perpetuo aprendizaje de los revolucionarios: perder, resistir. Perder, resistir. Y resistir. Y no confundir lo real con la verdad.

María Rosa me pide que le hable. Hablame, escribe Castelli, la letra angulosa, frágil, de viejo, en la segunda hoja de un cuaderno de tapas duras.

Castelli mira la hoja de cuaderno que cubre con una letra angulosa, frágil, de viejo. Mira su mano, y la pluma que sostiene su mano, en la pieza sin ventanas, y mira el catre que Angela tendió, y el tablero de ajedrez, y las treinta y dos piezas de peltre en el catre que Angela tendió, y las indigencias que Cufré le recetó en el catre que Angela acaba de tender. Castelli acaricia el lomo del CD, con una mano que tiembla, y sabe que, cuando Monteagudo se siente del otro lado del tablero, volverá a acariciar el lomo del CD, con una mano que tiembla, y moverá el CD a CD2D, y Monteagudo, cuyas manos no tiemblan, incurrirá en un error fatal.

Esta mano que tiembla, escribe Castelli, mató. ¿Por qué tiembla esta mano que mató? Me pregunto por qué tiembla esta mano que mató. Castelli se pregunta por qué tiembla esa mano que mató. ¿Es loco Castelli? ¿Es idiota? ¿O a Castelli se le asigna, en una tragedia que no escribió, el papel de loco y de idiota que se pregunta por qué su mano, que mató, tiembla? ¿No leí esto, antes, en una letra apretada y aún firme?

Hablame, dijo María Rosa, y los dedos de su mano se cerraron sobre mi miembro. Mi miembro soltó sangre. Me cortaron la lengua y mi miembro gotea sangre. Sus dedos acarician mi miembro y mi miembro gotea sangre. Mi miembro, que los dedos de María Rosa acarician, habla. Habla en los dedos de tu mano. ¿Me escuchás, escuchás el gusto a sal de mis palabras?

María Rosa movió la cabeza de un lado a otro de la almohada, y murmuró hablame más, la mano cerrada, caliente, sobre el miembro de Castelli. ¿Qué puedo decir, que no te haya dicho en algunas ficticias tardes porteñas; en alguna inadmisible noche altoperuana; en las profusas sodomizaciones que me adjudicaron los obispos de Salta, Oruro, La Paz, Potosí?

Las manos de Castelli bajaron hacia la mano cerrada de María Rosa —hablame, hablame más, murmuró María Rosa, los ojos cerrados a la verdad en la cara que era una mancha fugaz y pálida en la funda de la almohada—, y en la mano de María Rosa, cerrada, caliente, Castelli se escuchó hablar, escuchó el gusto a sal de sus palabras. Mi corazón está ahí, mi vida está ahí, la leche que la Biblia maldijo está ahí, la fatigada alegría del vencedor está ahí.

Castelli escribe, la letra angulosa, frágil, de viejo, que María Rosa abrió los ojos, y su cara, que era una mancha fugaz y pálida en la almohada y en la noche, sonrió a la verdad. ¿Querés a Angela? ¿Querés a Angela aquí?

Me cortaron la lengua, y mi miembro, que
gotea sangre, habla. Y mi miembro, que habla,
habló: se arrugó y encogió en la mano de María Rosa, cerrada, caliente, diestra. Los dedos
de María Rosa se abrieron, se alejaron silen-
ciosamente de ese montoncito de carne flácci-
da y encogida que gotea en la nada, pero mi
vida habla ahí, todavía, contra la nada, y el lati-
do de mi corazón está ahí, y la leche que la
Biblia maldijo y la fatigada alegría del vencedor
estuvieron ahí. Las uvas verdes de la razón no
están ahí.

Castelli, un cigarro en la mano que tiembla, sentado a una mesa en la que está abierto un cuaderno de tapas duras y rojas, repasa, con sus ojos desteñidos, ese cuarto de paredes sin ventanas.

Apoyada la espalda en el respaldo de la silla, el brazo derecho doblado sobre el cuaderno abierto de tapas duras y rojas, y el cigarro que humea entre los dedos de la mano derecha que tiembla, Castelli mira a un hombre que flota en el mar aferrado a unos maderos que la sal del mar blanquea.

El mar mece al hombre, aferrado a unos maderos que la sal del mar blanquea. El mar lo mece y está allí, en el mar que lo mece, solo bajo un sol blanco e infinito, aferrado a unos maderos que la sal del mar blanquea. ¿Sube a sus labios agrietados la pregunta más banal que los hombres se hayan formulado desde que se pusieron de pie? ¿Se preguntó, aferrado a unos maderos que la sal del mar blanquea, solo bajo un sol blanco e infinito, qué es el tiempo?

¿Piensa, para no dejarse ir hacia abajo, en una ciudad griega y blanca? ¿Era griega y blanca la ciudad en la que nació? ¿Había olivos en los arrabales de la ciudad griega y blanca o, quizá, su imaginación no puede concebir, aun bajo el destello de un sol blanco e infinito, una ciudad griega y blanca sin olivos? ¿Cómo eran las mujeres de la República de Venecia? El hombre, aferrado a unos maderos que la sal del mar blanquea, solo bajo un sol blanco e infinito, ¿fue, alguna vez, joven? ¿Por qué flota, aferrado a unos maderos que la sal del mar blanquea, y no abre las manos agrietadas que se aferran a los maderos que la sal del mar blanquea, y baja, rígido, los ojos abiertos, entre cortinados lisos y cada vez más fríos, hacia qué importa qué?

Ese hombre que flotó, aferrado a unos maderos que la sal del mar blanqueaba, y que no se dejó ir, los ojos abiertos, entre cortinados lisos y cada vez más fríos, al fondo de qué importa qué, fue mi padre, escribe Castelli, la letra angulosa, frágil, de viejo, el cigarro que humea sujeto por los dedos índice y medio, que tiemblan, de la mano izquierda.

Castelli, que no sabe que será Castelli, escucha al hombre que se preguntó qué es el tiempo, aferrado a unos maderos que la sal del mar blanqueaba, decir que, a veces, ve el destello de un sol blanco e infinito en su plato de comida. Y que lo ve, a veces, en sus breves sueños de anciano. Es un brillo que no arde, escuchó Castelli, que no sabe que será Castelli. Perfora cortinas lisas y cada vez más frías, decía el anciano, en voz baja, y cuando decía eso, reía, apenas, sobre el vaso de vino, y nos miraba como si nunca nos hubiera visto.

Castelli, que sabe que es Castelli, mira a su padre que, sentado del otro lado de la mesa, levanta un dedo y repite que se embarcó en Cádiz, joven aún, y que llegó a Buenos Aires, viejo, tal vez. Fui náufrago y soy boticario, dice el padre de Castelli, sentado del otro lado de la mesa, del otro lado del telón de humo que Castelli, con sus chupadas al cigarro, alza entre los dos.

Castelli escucha a su padre, náufrago y boticario, hablar de una ciudad griega y blanca, de las paredes y techos blancos de una ciudad griega llamada Nici. De la República de Venecia. De los canales de Venecia y las góndolas de quilla dorada que baten los canales de Venecia, un lugar común, dice el padre de Castelli, del otro lado del humo del cigarro, como las inverosímiles historias de náufragos, como los olivos en los arrabales de ciudades griegas y blancas. De la pompa y el filisteísmo que degradaron a la República de Venecia, habla el padre de Castelli, del otro lado de la mesa, en voz baja, la cara en el humo del cigarro que Castelli muerde con los dientes de la boca muda que no tiembla. Habla de las joyas, los sombríos tapices, las pesadas sedas, los palacios de los usureros venecianos. De algún harén de la Sublime Puerta que frecuentó, antes de ser náufrago y boticario, cuando era mucho más joven que el Marco Polo lector de voluntariosos textos geográficos. Supo, dice el padre de Castelli, y ríe, apenas, por entre las hilachas del humo del cigarro que tiembla en la mano izquierda de

Castelli, cuando el mar lo mecía, aferrado a unos maderos que la sal del mar blanqueaba, que desembarcaría en un puerto fangoso y sucio llamado Buenos Aires, y que se casaría con una muchacha de buenas y apetitosas carnes, por donde fuera que se la mirase, incluida su porción de la respetable heredad paterna, y que la embarazaría ocho veces. Y supo que miraría, en sus ojos de náufrago y boticario, el destello de un sol blanco e infinito, durante las noches de cópula obligatoria, mientras ella, la apetitosa, la obediente, la prolija, lo mecía antes que el orgasmo se consumase. Y lo miraría en el plato de comida que la apetitosa, la obediente, la prolija, pondría entre sus manos. Y, ahora, en su frágil sueño de anciano.

Castelli, el cigarro que humea en la boca que no tiembla, escucha que el anciano dice que olvidó muchas cosas, menos una: el destino es una casualidad que se organiza. Solamente los malos comediantes desconocen esa verdad tan irrefutable como el infierno. Palabra de griegos, padres de la tragedia.

IV

Change in letter

Usted, Angela, escribió algo que el uso y la costumbre, llaman carta. Por un buen gusto elemental, y por razones que no mencionaré, me abstengo de compartir la designación que el uso y la costumbre hacen de lo que acabo de leer, y que lleva la firma de Angela Castelli:

. Leo: *padre, yo le quiero*. (Usted, Angela, escribió padre, *yo le quiero*: no lo olvide). Leo: *por azar, por quimera, por un error que nace de un difícil, casi insostenible amor filial, le acompaño en esta historia.* *vida publica vs privada*

Yo nací para cuidar gallinas. Necesito, padre, un hombre, no un Dios, que crea en mí, que crea, pura y sencillamente, en Angela Castelli que cree que nació para cuidar gallinas, gansos, pavos, las verduras de una huerta, y no busque otra mujer destinada a recibir la versión espúrea, a veces, de sus sueños, y, a veces, desvalida, y, a veces, increíble.

Necesito un hombre que crea que Angela Castelli, que cree que nació para criar gallinas, se encerró en un cuarto, una tarde de mayo, con el coronel Cornelio Saavedra, y le dijo que, en Buenos Aires, le escupirían en la cara, donde pusiera los pies, si los soldados del Regimiento Patricios, que él mandaba, acicaladitos ellos, y muy brillosas sus coletas, no se ple-

gaban a la revolución, y obedecían a la revolución
en todo aquello que la revolución se dignase ordenar, sea lo que fuere que la revolución ordenase.

Necesito, padre, un hombre que crea que la Angela
Castelli, nacida para cuidar gallinas, puede des-
doblarse, y ser, por momentos, la Angela Castelli
que expone a un coronel al desprecio de una ciudad,
de sus gentes, de sus piedras, de sus sombras, de sus
anales. Y la Angela Castelli, que cree que nació para
cuidar gallinas, que estuvo allí, en ese cuarto, esa
tarde triste y gris de mayo, con un coronel afecto a
reincidir en las pomposas expectoraciones que el
idioma español destina a los inevitables papamoscas
que congrega el brillo de las bayonetas, y estuvo allí,
le digo, impulsada por la palabra persuasiva, salva-
jemente exacta, implacable, amorosa, de su padre.

Y allí, en ese cuarto, en esa triste y gris tarde de
mayo, Angela Castelli cumplió con la misión que le
asignó su padre, y fue, alternativamente, desdeñosa y
seductora, y amenazó al coronel Saavedra con el desprecio de una ciudad, y con el recuerdo de ese desprecio, que sería, en 1910, tan vivo y cruel como en el
instante que la Revolución dividiese las aguas, y
tomase el nombre de guerra civil.

Eso le dijo la Angela Castelli que, por azar, por
quimera, por un pasado que no le pertenece del todo,
acompaña a su padre en esta historia, al coronel
Saavedra, mirándole a la cara, encerrados los dos en
un cuarto del Fuerte, mirándole la madera blanda y
porosa y blanca que tiene por cara, como si le hubieran pasado garlopa y lija a un tronco que el mar
abandonó en una orilla cualquiera, y escuchándole,
encantada, reincidir, balbuceante, en las pomposas

expectoraciones que el idioma español destina a la exaltación de los fastos del pasado, la tradición, los deberes y las virtudes de las armas cristianas.

Angela Castelli volvió a preguntarse, padre, mientras miraba, encantada, una madera blanda y blanca y balbuceante qué hacía allí, en un cuarto del Fuerte, esa tarde triste y gris de mayo, y no en un gallinero, no en los brazos de un hombre, de su hombre, Francisco Javier de Igarzábal, que cree en ella, que cree que ella cree que nació para cuidar gansos. jeese

Usted, Angela, enuncia sus aspiraciones y creencias con una crudeza guaranga. No la seguiré por esa vía: me limitaré a parafrasear algunos de los excesos que pueblan eso que llama carta, para que, cuando los relea, comprenda, quizá, los espejismos a los que se rinde, inexplicablemente, su corazón, y, más inexplicablemente aún, su razonamiento.

Me dice que pretende acostarse (¿o contraer nupcias?) con un hombre que cree en usted, en la Angela Castelli que supone nació para la filantrópica labor de cuidadora de gallineros. No opinaré sobre las gallinas: mi relación con esos bichos fue, hasta hoy, ocasional, salvo en los pucheros, y sé, de ellos, que son piojosos, sucios, asustadizos y, circunstancialmente, obscenos.

En cambio, conozco al caballero que cree en una Angela Castelli que sueña, para sí, con el neutro, pacífico destino de guardiana de gansos. (Déjeme decirle, Angela, de paso, que desconfío de los neutrales). Conozco a ese caballero: no se ríe, relincha; y es, no por casualidad, como usted lo sabe, y bien que lo sabe, edecán y secuaz incondicional de Saavedra, y ambos, como Alzaga, realistas solapados. Frente a nosotros, militantes del desorden, son los partidarios del orden. De qué orden, preguntémosnos. Del orden que perpetúa la desigualdad, como si el orden que perpetúa la desigualdad fuese un mandato divino. Sin monarca —y la Revolución no terminará, nunca, de agradecerle a Napoleón el destronamiento de Fernandito— son, ahora, los restauradores del orden monárquico. Conciben, lo escribí en algún papel, un vasallaje de vasallos sobre vasallos. Mi primo, Belgrano, no descubrió nada nuevo cuando dijo que no conocen más patria, ni más rey, ni más religión que su interés. Veamos, entonces, cuál es el interés de esos señores.

Saavedra, que escribe a Feliciano Chiclana, que el sistema robesperriano y la Revolución Francesa, postulados como modelos, "gracias a Dios han desaparecido" con la renuncia de Moreno al cargo de secretario de la Primera Junta, ¿en qué piensa? ¿No piensa Saavedra, acaso, cuando conjetura que el sistema robesperriano y la Revolución Francesa, postulados como modelos, "gracias a Dios han desaparecido" con la renuncia de Moreno, en su condición de propietario, en sus tierras del Norte, en su hacienda, que el sistema robesperriano y la Revolución Francesa, postulados como modelos, y que "gracias a Dios han desaparecido", ponían en cuestión? ¿En qué pensaba José María Romero, el tesorero del Ejército, que escribió que el

22 de mayo de 1810, "se discutió y votó al gusto
de la chusma"; en qué pensaba ese fray Manuel
Azcurra que, al partir Moreno para la Gran
Bretaña, exclama, lascivo, como si le acabaran
de regalar un lupanar de monjitas vírgenes, que
"ya está embarcado y va a morir"? ¿En qué piensan esos individuos, de los que el hombre que
cree que Angela Castelli cree que nació para ve-
lar el engorde de un tropel de gallinas clo-
queantes, es secuaz incondicional?

Yo sé qué piensan esos individuos, de los que
el hombre que cree que Angela Castelli cree
que nació para tutelar un zoológico de aves de
corral, es secuaz y cómplice incondicional. Sé
qué defienden y cómo obran. ¿Sabe usted qué
piensan y qué defienden y cómo obran esos
individuos y sus secuaces y cómplices incondi-
cionales? Lo sepa usted o no, y decida lo que
decida, no me llame padre: llámeme Castelli.

Hombres como yo han sido derrotados, más
de una vez, por irrumpir en el escenario de la
historia antes de que suene su turno. Esos hombres, que fueron más lejos que nadie, en menos
tiempo que nadie, ingresaron al mundo del silencio y la clandestinidad: esperan que el apun-
tador les anuncie, por fin, que sus relojes están
en hora. Pero hombres como yo, cualquiera sea
la hora de sus relojes, no tienen la malsana costumbre de olvidar a sus enemigos.

Y de dos, una: o usted, Angela, quiere a Castelli, el impío, el afrancesado, el portavoz de un
sistema de "herejía y desorden" (así se lee en
un mensaje que se le secuestró al ciudadano

Videla del Pino, obispo de Salta), el robesperriano*, y quiere lo que Castelli quiere, o con-
trae nupcias con el partido de la contrarrevo-
lución.

Recuérdelo, y vuelva en sí, mi Angela, y yo
seré, para siempre, su Castelli.

Lo que escribí suena a la trepidación de un
batallón que marcha, y no cesa de marchar, a
paso de carga. Lo siento, Angela: soy un hombre en guerra.

Castelli, escribió esa maldita carta a Angela, y
Castelli, que escribió una carta maldita a Angela, con una letra angulosa, frágil, de viejo, se
levantó de su silla, y las piernas flacas, que so-
portaban el cuerpo flaco de Castelli y los dientes apretados y los ojos desteñidos y la podredumbre que diseminaba la lengua mocha, se
movieron en dirección al fondo de la casa,
como si corrieran, como si simularan sostener
el torso, la cabeza, los brazos de un hombre
que corre, agazapado, sombra móvil contra la
sombra de la noche.

Castelli, con la pluma que escribió esa carta
maldita entre los dedos temblorosos de la mano derecha, la mano izquierda apretando el

* Sumo la calificación de robesperriano, que Saavedra parió
laboriosamente, a las muchas que se registran en circunspectos
memoriales, en informes de embajadas, en salones, cuarteles,
tribunales y letrinas, con el ánimo, supongo, de horrorizar a los
papamoscas, definición que me encanta, como le encantan, a
mi muchacha, los tartamudeos cornelianos.

vientre, llegó al fondo de la casa, como si parodiase a un hombre que corre, solo y desatinado, la boca cerrada, un ronquido flemoso retumbándole en la boca cerrada, y abrió la puerta de una caseta, y se arrodilló ante un pozo negro, y vomitó.

¿Qué era lo que vomitaba? ¿Qué era esa baba sanguinolenta que despedía su boca, y que se deslizaba, viscosa, por la negra pared del pozo negro? ¿La risa de su padre, que reía tan despacio? ¿Las pesadillas de la Revolución? Ni risa de padre ni pesadillas de la Revolución, escribe Castelli, los labios secos, la letra angulosa, frágil, de viejo. Veneno, Castelli. Una envenenada mierda verdosa y putrefacta, que se estira por una pared negra, de tierra, de un pozo negro, escribe Castelli, los labios secos, la letra angulosa, frágil, de viejo. ¿Nada más que eso, Castelli?

Llámelo veneno, Castelli, si quiere, para no tachar, en el papel, porque le falta coraje, aquello que hombres como usted, que no hablan, confían al papel.

V

jurar – to swear

¿Qué juramos, el 25 de mayo de 1810, arrodillados en el piso de ladrillos del Cabildo? ¿Qué juramos, arrodillados en el piso de ladrillos de la sala capitular del Cabildo, las cabezas gachas, la mano de uno sobre el hombro de otro? ¿Qué juré yo, de rodillas en la sala capitular del Cabildo, la mano en el hombro de Saavedra, y la mano de Saavedra sobre los Evangelios, y los Evangelios sobre un sitial cubierto por un mantel blanco y espeso? ¿Qué juré yo, en ese día oscuro y ventoso, de rodillas en la sala capitular del Cabildo, la chaqueta abrochada y la cabeza gacha, y bajo la chaqueta abrochada, dos pistolas cargadas? ¿qué juré yo, de rodillas sobre los ladrillos del piso de la sala capitular del Cabildo, a la luz de velones y candiles, la mano sobre el hombro de Saavedra, la chaqueta abrochada, las pistolas cargadas bajo la chaqueta abrochada, la mano de Belgrano sobre mi hombro?

¿Qué juramos Saavedra, Belgrano, yo, Paso y Moreno, Moreno, allá, el último de la fila viboreante de hombres arrodillados en el piso de ladrillos de la sala capitular del Cabildo, la mano de Moreno, pequeña, pálida, de niño, sobre el

hombro de Paso, la cara lunar, blanca, fosfores-
cente, caída sobre el pecho, las pistolas cargadas en los bolsillos de su chaqueta, inmóvil
como un ídolo, lejos de la luz de velones y candiles, lejos del crucifijo y los Santos Evangelios
que reposaban sobre el sitial guarnecido por un
mantel blanco y espeso? ¿Qué juró Moreno, allí,
el último en la fila viboreante de hombres arrodillados, Moreno, que estuvo, frío e indomable,
detrás de French y Beruti, y los llevó, insomnes,
con su voz suave, apenas un silbido filoso y continuo, a un mundo de sueño, y French y Beruti,
que ya no descenderían de ese mundo de sueño, armaron a los que, apostados frente al Cabildo, esperaron, como nosotros, los arrodillados, el contragolpe monárquico para aplastarlo
o morir en el entrevero?

¿Qué juramos allí, en el Cabildo, de rodillas,
ese día oscuro y otoñal de mayo? ¿Qué juró
Saavedra? ¿Qué Belgrano, mi primo? ¿Y qué el
doctor Moreno, que me dijo rezo a Dios para
que a usted, Castelli, y a mí, la muerte nos sor-
prenda jóvenes?

¿Juré, yo, morir joven? ¿Y a quién juré morir
joven? ¿Y por qué?

VI.

Castelli juega CD2D; Monteagudo, A2C. Castelli, C1A; Monteagudo enroca, enroque corto, y pierde la partida. Monteagudo, que enroca corto, pierde la partida, y no lo sabe. Castelli mira la torre negra y el rey negro de Monteagudo, enrocados, el rey negro muy alto y muy encorvado, y como encapuchado, de peltre, quieto en su casilla blanca, y la torre, negra, de peltre, en su casilla negra, y sabe, el cigarro apagado en la boca, los ojos desteñidos que miran al rey negro, muy alto y muy encorvado, como encapuchado, de peltre, quieto en su casilla blanca, y la torre negra, de peltre, en su casilla negra, que Monteagudo perdió la partida.

Castelli, antes de que Monteagudo se sentara frente a él, en la pieza sin ventanas, antes de que Monteagudo, en silencio, sentado frente a él, retornara a la partida que iba a perder, y que no sabía que iba a perder, tragó, voraz, el más largo chorro de leche de ángeles que nunca haya tragado, que fluyó por su cuerpo, desde la boca que tragó, voraz, el más largo chorro de leche de ángeles que nunca haya tragado, hasta más abajo de donde no crecen las uvas verdes de la razón, y que circuló por su cuerpo, men-

sajero de un éxtasis que duraría menos que la
partida que Monteagudo, con ese enroque an-
ticipado, perdió, y que Monteagudo no sabe
que perdió. Castelli, los ojos desteñidos, el cigarro en la boca que tragó, voraz, el más largo
chorro de leche de ángeles que nunca haya tragado, escucha el fluir del éxtasis por su cuerpo,
su cuerpo no resignado a la brevedad de la li-
mosna, o lo que fuese que lo tiene en pie, y mira su mano derecha, flaca, la sombra flaca de su
mano derecha sobre el tablero, los dedos pul-
gar e índice de su mano derecha que toman,
por la cabeza, al alfil, y lo mueven a 4T, y mira
su brazo izquierdo, doblado a la altura de la
ingle, y los dedos, flacos, de la mano izquierda,
que rozan, en el bolsillo derecho de la chaqueta, el bulto duro de la pistola, y papeles arrugados en los que se lee SOY CASTELLI y PAPEL
PLUMA TINTA.

Monteagudo dice, sin levantar la vista del tablero, de la partida que recién está en su co-
mienzo, que no terminará, que va a perder, y
que no sabe que va a perder, que dará a publicidad, tan pronto como pueda, una confesión.
Castelli escribe Ah. Monteagudo, sin levantar la
vista de la partida que no terminará, y que no
sabe que va a perder, lee Ah en una letra angulosa, frágil, de viejo. Monteagudo, que no levanta los ojos de una partida que no terminará, y
que no sabe que va a perder, lee, en una letra
angulosa, frágil, de viejo, Rousseau hace escue-
la: ¿retrato de un artista adolescente? ¿El relato
de los goces y de las angustias de un artista ado-

lescente que capturó, y olió, en una siesta fe-
bril, las bombachas de una tía madura y opulen-
ta? Monteagudo, que no levanta los ojos de su
rey, muy alto y muy encorvado, y como encapuchado, quieto en la casilla blanca del enroque, y del tablero donde perderá la partida
que recién comienza, y que no sabe que va a
perder, dice que es hijo de padres decentes, y
que, hijo de padres decentes, nunca tuvo tías.
Dice, los ojos en la partida que perderá, y que
no sabe que va a perder, que su confesión,
que no plagia las de Rousseau, y que dará a
publicidad tan pronto como pueda, salda una
deuda política, que es, también, íntima, personal. Y que, hijo de padres decentes, aun sin ser
nobles, él, Monteagudo, que nunca tuvo tías,
pagará, tan pronto como pueda, una deuda política, que es, también, íntima, personal. Para
ello, dirá: *Yo me permitiré confesar el gran vacío en*
que la privación de sus talentos revolucionarios nos
ha puesto, y que su muerte será para mí una eterna
desgracia. Me siento casi halagado, escribe Castelli, el cigarro apagado en la boca, que escucha
fluir el éxtasis por los secos viaductos de su
cuerpo, que sabe qué le responderá Monteagudo, los ojos de Monteagudo en la partida que
recién comienza, que perdió, y que no terminará. Para que el halago sea completo, escribe
Castelli, que mueve el cigarro apagado de un
extremo a otro de la boca, dígame: ¿usted alude a mi muerte? Sí, y a ninguna otra, dice Monteagudo, los ojos de Monteagudo en la partida
que no terminará, que perderá, que no sabe

que va a perder. Aflicción inútil, escribe Castelli, que sabe que, con tías o sin tías, los artistas adolescentes no pagan sus deudas políticas, que las deudas políticas de un hombre —aun si este hombre es un artista adolescente— no se pagan a otro hombre. Usted, Monteagudo, escribe Castelli con una letra angulosa, frágil, de viejo, dijo, en el curato de Laja: La muerte es un sueño eterno. Bellísima oración. Y verdadera. Leí, en algún lado, que la verdad es escandalosa. No olvide esa bellísima, verdadera y escandalosa oración. Lo demás es aflicción inútil, retórica inútil.

Doctor, mire mi corazón, dice Monteagudo, que no alza los ojos de la partida que no terminará, y que no sabe que va a perder. Le toca mover, amigo mío, escribe Castelli, el oído puesto en el éxtasis que se apaga en los secos viaductos de su cuerpo.

María Rosa, que entra a la pieza sin ventanas, deposita en la mesa, cerca de un cuaderno de tapas rojas, un plato de arroz con leche, y pregunta a Castelli si, solo, no juega con ventaja. Castelli, que no levanta los ojos desteñidos de la partida que va a ganar, y que no terminará, escribe: Tus manos huelen a incienso, mi querida. Oré a la Virgen María, dice María Rosa que, con sus manos que huelen a incienso, acaricia la cara de Castelli. Bendito sea el fruto de tu vientre, escribe Castelli, y baja los párpados sobre los ojos desteñidos, y ya no ve la partida inacabada, la partida que ganó y que nunca terminará, y huele el incienso en las manos de Ma-

ría Rosa, que le acarician la cara, la piel pegada
a los huesos, los párpados caídos sobre los ojos
que ya no ven la inacabada partida.

Monteagudo avisó que pasaría, por aquí, esta
tarde. Prometió que me leería las confesiones
de un artista adolescente, que nunca tuvo tías,
escribe Castelli, en un cuaderno de tapas rojas.
Los dedos de las manos de María Rosa, que
huelen a incienso, se extienden por las mejillas
de Castelli, que escribe bendito sea el fruto de
tu vientre, los ojos desteñidos que siguen a la
pluma que escribe, con una letra angulosa, frágil, de viejo, bendito sea el fruto de tu vientre.
Calentá café, que Monteagudo avisó que esas
confesiones me divertirían. Y encendeme el cigarro, mi querida.

VII

¿Qué juré yo, y a quien, ese 25 de mayo oscuro y ventoso, de rodillas, la mano derecha sobre el hombro de Saavedra?

¿Juré, ese día oscuro y ventoso, que galoparía desde Buenos Aires hasta una serranía cordobesa, al frente de una partida de hombres furiosos y callados, y que desmontaría, cubierto de polvo, esa mañana helada como el infierno, con el intolerable presentimiento de que habíamos irrumpido, demasiado temprano, en el escenario de la historia, y miraría, sin embargo, a Liniers, envueltos él y yo en una niebla helada como el infierno, y le escucharía, de pie, arrogante, reír e insultarme, y escucharía, en una niebla helada como el infierno, a los hombres que me acompañaron desde Buenos Aires, furiosos y callados, amartillar sus fusiles, y me vería a mí mismo, cubierto de polvo en una niebla helada como el infierno, encender un cigarro, decir dénles aguardiente, y dar la espalda a Liniers que, de pie, arrogante, se reía y me insultaba, e insultaba a los que, con él, se alzaron contra la Revolución, y que en esa mañana helada como el infierno, suplicaban, babeándose, moqueando, volteando lo que no tenían en las tripas, que no los mataran?

¿Juré que no vería, furioso y callado, yo, a quien se llamó el orador de la revolución, a las partidas de perros negros, que devoran a los indios que escapan de las minas de oro, de sal, de plata; juré que no escucharía el murmullo que viene de las minas de oro, de sal, de plata, de las cocinas y galerías de los señores del Norte, ese murmullo opaco y fascinado que se desprende de bocas raídas por una vejez prematura, de una carne expiatoria y condenada al saqueo y al infinito silencio de Dios, y que dibuja el aullido del perro negro, como se dibujan los mitos, y detrás, tenaz e inaccesible como los mitos, al patrón de la bestia y del infinito silencio de Dios, y también la carne sacrificada, rasgada, herida, por los colmillos insaciables; juré que yo no vería, yo que tuve un corazón docilísimo, los potros del tormento, y los caballos despanzurradores, y a las damas que, de pie en altos balcones de ciudades de piedra, tomaban chocolate en cónicas tazas de plata, y apreciaban la hermosa musculatura de los caballos despanzurradores, a cuyas cinchas, monturas, estribos, estaban atadas las manos y los tobillos de *subversivos del orden público*, según escribió José Manuel Goyeneche, sudamericano, grande de España, y que morirá en olor de santidad, para que los patrones de los perros negros no olviden, jamás, la filiación de los que se sublevan contra el saqueo?

¿Juré yo, de rodillas, la mano derecha en el hombro derecho de Saavedra, que no vería las partidas de perros negros, los potros del tormento, el acabado perfecto de la musculatura de los caballos despanzurradores, y que si mis ojos llegaban a ver las partidas de perros negros, los potros del tormento, el acabado perfecto de la musculatura de los caballos despanzurradores, mi corazón, que fue docilísimo, con la misma levedad que los filósofos provincianos exponen la inconsistencia del mundo, borraría, de los ojos que vieron, a la partida de perros negros, los potros del tormento, el acabado perfecto de la musculatura de los caballos despanzurradores, y la apreciación, por las damas —madres, esposas, hijas, hermanas, mantenidas, de los dueños de los perros negros—, del acabado perfecto de la musculatura de los caballos despanzurradores, mientras tomaban chocolate, de pie en altos balcones de piedra, apreciación que incluía el rápido, cada vez más rápido, cada vez más rápido paso de los caballos despanzurradores, de cabezas finas, uno hacia el Norte, uno hacia el Sur, uno hacia el Este, uno hacia el Oeste, llevándose, cada caballo despanzurrador, de cabeza fina, ojos desorbitados y lomo sudoroso, uno hacia el Norte, uno hacia el Sur, uno hacia el Este, uno hacia el Oeste, un pedazo de hueso y carne del subversivo del orden público atado a la cincha, la montura, el estribo?

¿Juré, en un día oscuro y ventoso de mayo que, al igual que Vieytes y Ocampo, según leí en una carta de Moreno, que respetaron los galones de los dueños de los perros negros, *ca-*

gándose en las estrechísimas órdenes de la Junta, me cagaría, yo, enviado de la Junta en el ejército del Alto Perú, en las estrechísimas órdenes de la Junta, y predicaría la reconciliación con los dueños de los perros negros, o juré que, absorto, poseído, me tocaría los ojos, la boca, las mejillas, como un actor que, en el escenario, va más lejos de lo que representa, más lejos que su propia sombra, y absorto, poseído, furioso y callado, firmaría la orden de muerte para el mariscal Nieto, para el gobernador Sanz, para el capitán de marina José de la Córdova, para todos esos ondeadores de banderas negras y calaveras y tibias en las banderas negras?

¿Juré, de rodillas en la sala capitular del Cabildo, que no iría más lejos que mi propia sombra, que nunca diría ellos o nosotros?

Juré que la Revolución no sería un té servido a las cinco de la tarde.

VIII

Anoto:
- Castelli relee, en el segundo cuaderno de tapas rojas, las páginas que escribió en el segundo cuaderno de tapas rojas;
- Castelli, que relee las páginas que escribió en el segundo cuaderno de tapas rojas, no vomita;
- Castelli confiará al papel aquello que, hombres como él, que no hablan, confían al papel.

¿Qué leo cuando proclamo, ante el Triunvirato, el derecho que la naturaleza da al padre? ¿Leo que lo que emana del corrupto cuerpo del rey, amo, propietario o padre, es la ley? ¿Leo que soy el amo, el propietario de lo que nació por la fortuita circunstancia de que una madrugada o una noche o una tarde mi leche se unió a la leche de una mujer que quise, y que aún quiero —y que el Diablo responda, por mí, qué es lo que quise, y quiero, en esa mujer—, y de la unión de las dos leches, nació Angela?

¿Soy yo el rey de Angela, yo, que un día de mayo declaré caducos los poderes de los reyes, cualquiera fuese su identidad y origen, sobre las mujeres y hombres, animales, tierras, aguas, cielos, bosques y montañas de esta parte de América? ¿Quién capituló cuando la mano de Castelli escribió derechos del padre, y los ojos de los partidarios del orden leyeron derechos del padre? ¿El que habló a las paredes de Tiahuanaco, y dijo que el indio es un hombre, igual en derechos y oportunidades, por ser hombre, a los derechos y oportunidades de otro hombre, y nadie, se haya llamado rey, cacique, propietario, prevalecerá sobre la libertad que le ganaron las armas de la patria nueva? ¿Capituló el que no se suicida? ¿El robesperriano que resiste en una ciudad de comerciantes y banqueros, y no abjura de la utopía? ¿O el Castelli que confía al papel aquello que, hombres como él, que fueron más lejos de su propia sombra, confían al papel?

Es cierto, escribe Castelli, la letra apretada y firme: hay un cuerpo que se llama Francisco Javier de Igarzábal. Y está del otro lado. Maldito sea ese cuerpo que está del otro lado.

Es cierto, escribe Castelli, la letra apretada y firme: Abraham Hunguer le habló de Montescos y Capuletos, y de Verona, maldito sea el nombre de Venecia. Y Castelli rió. Abrió su boca lacerada, y su boca lacerada rió.

Es cierto, escribe Castelli, la letra apretada y firme, que Castelli sabe, ahora, que desea a Angela.

Es cierto: por un momento, él, que lee lo que escribió, escribe que, por un momento, es un hombre desligado de los vínculos de la sangre, de hábitos, prohibiciones y culpas, un hombre que desea a una mujer, y que mira, en la penumbra de una habitación sin ventanas, la carne joven, dorada, sana, que desea, y que sabe, como nunca lo supo antes, que él, que desea a una mujer que no tendrá, no es un hombre desamparado.

Calmo, hunde en la cueva que se pudre, un cigarro. Calmo y lento, lo enciende. Y fuma.

IX

Belgrano, mi primo, galopó no sé cuántas leguas para verme. Entró a la ciudad de noche, para que nadie lo reconociera. Dijo, sentado allí, frente a mí, que galopó no sé cuántas leguas para verme y despedirse. Dijo: En Tacuarí, antes de entrar en batalla, entregué mis papeles a un asistente y le ordené que los quemara. Cuando uno quema sus papeles, lo mismo da morir a los cuarenta que a los sesenta. Qué vida ésta, primo, que nos toca vivir: uno quema sus papeles y es como si nunca hubiera nacido.

Belgrano alzó su vaso de aguardiente, la pierna derecha cruzada sobre el muslo izquierdo, hidrópico, la cara de un hombre que galopó no sé cuántas leguas para sentarse allí, frente a mí, y dijo salud. Dijo salud, y se rió, como si gozara de la posesión de un secreto, y dijo, cuando terminó de reír, cuando olvidó que era dueño exclusivo de un secreto: Tengo a los oficialitos de mi Estado Mayor, yo, un abogado, a caballo, buena parte del día. Les saco callos en el traste. Y los escucho rezongar: chico majadero, me llaman. ¿Qué hago yo, primo, un abogado, arrestándolos, formándoles consejo de guerra por ladrones, por insubordinación, por amotina-

miento, a ellos, que se guían por los reglamen-
tos españoles del siglo de maricastaña, para que
no me hagan, amotinados, lo que le hicieron a
usted y a Balcarce, sabiendo que aun a los más
miserables les sobran padrinos, aquí, en Buenos Aires?

Dijo: Arresto a los miserables, que andan,
todo el santo día, con el rosario en las manos;
castigo a los cobardes; reparto charqui y maíz
en las poblaciones que no nos dan bola, que
nos miran con recelo, que ven que no hay mano que ponga freno a la iniquidad de españoles
y criollos, que ven que se me ordena guardar
cualquier bandera que no sea la del rey, y que
yo, que soy un hombre bueno, como usted me
escribió, primo, obedezco. Entonces, para dar-
me ánimo, grito a mis soldaditos, fumemos,
muchachos, que nos sobra tabaco, y recuerdo la
luz de Buenos Aires, la de su cielo, porque que-
mé mis papeles, y da lo mismo, cuando uno
quemó sus papeles, no haber nacido que morir
a los cuarenta o a los sesenta.

Dijo que la noche del día que sus soldaditos
batieron al malparido de Tristán, leyó, toda la
noche, la nómina de los vecinos expectables
que colaboraron con el malparido de Tristán, y
mientras leía recordó que, entre los papeles
que ordenó quemar en Tacuarí, figuraba la traducción de Agrelo del *dictum* de Marat, que
reconstruyó, palabra por palabra, toda esa noche, mientras leía la nómina de vecinos expectables que, en el Norte, enviaron armas, dinero,
alimentos y hombres al criollo de Tristán, y

mientras leía, toda la noche, la nómina de vecinos expectables que, en el Norte, enviaron
armas, dinero, alimentos y hombres al criollo
de Tristán, y reconstruía, palabra por palabra,
el *dictum* de Marat *(¡ay de la revolución que no
tenga suficiente valor para decapitar el símbolo del
antiguo régimen!),* se preguntó en nombre de
quién y de qué iba a empuñar el hacha de la
decapitación, él, que en otros tiempos, cuando
lo imposible era posible, aplastó el levantamiento del regimiento Patricios, que se había
negado a que le raparan la coleta, y fusiló a los
que, en la coleta que les golpeaba la nuca, data-
ban el privilegio de pasarle por encima a la
República y a los republicanos. Eso se preguntó
él, el chico majadero, el bomberito de la patria,
un hombre bueno para el doctor Juan José
Castelli, toda aquella noche, y muchas de las
noches que siguieron a aquella noche. Salud,
primo.
   Dijo que, toda esa noche, leyó la nómina de
vecinos expectables que, en el Norte, son el
símbolo del antiguo régimen, y en respuesta al
ofrecimiento de rendición del malparido de Tristán, se comprometió a respetar la propiedad y
la vida de los símbolos del antiguo régimen, y la
vida y la seguridad del malparido de Tristán y
de sus oficiales, si prestaban juramento de no
volver a tomar las armas contra las Provincias
Unidas del Río de la Plata, sabiendo, como sabían él y el malparido de Tristán, y los oficiales
carniceros de Tristán, que al minuto siguiente
del juramento, mandarían al carajo el juramen-

to, la palabra empeñada de un soldado cristiano, y del rey, y la mar en pelotas.

Leo lo que escribí: Nadie es inocente hasta que se pruebe lo contrario.

Dijo, echado hacia atrás, en la silla, rubio e hidrópico, el vaso vacío en la mano, sin molestarse en leer lo que creo que escribí, si es que fui yo el que escribí, que moría más rápido de lo que jamás sospechó. Dijo: Me muero de a poco o, si lo prefiere, primo, más rápido de lo que jamás llegué a sospechar. Salud, primo.

Trata de ser paciente, dijo, y dominar su rabia italiana que, a veces, lo desborda, y desbordado por su rabia italiana, ordena cortarles la cabeza a algunos oficiales carniceros del rey, y también cristianos, pero un día de éstos, para consternación de las mujeres que amó con galanura y apetito, el corazón lo dejará seco de un solo golpe. Dijo que, paciente, nombró generala del ejército a la Virgen de las Mercedes; dispuso, solemne y paciente, que le rindieran honores los mismos oficiales que, en el Alto Perú, yo no sancioné cuando se orinaban en los portales de las iglesias, y que, en solemne procesión, fuese llevada, Nuestra Señora de las Mercedes, a visitar las casas de Dios, para que peticionase a Su Hijo, en las casas de Dios, en favor de los fierros de la patria. Trata, paciente y solemne, de borrar la apostasía y el descreimiento que los vecinos expectables imputan al ejército del Alto Perú, filtrados, gota a gota, en el ejército del Alto Perú, por el impío doctor Juan José Castelli. Y pese a que es paciente y solemne, para consternación de las mujeres que amó con galanura y apetito, oye murmurar que la Virgen entra, las mejillas encendidas como una colegiala, a las casas de Dios, y que, luego de hablar con Su Hijo, o lo que fuera que hiciese con Su Hijo en las casas de Dios, sale llorosa y descolorida.

Soy una bestia asediada por el fuego: la ración normal de leche de ángeles no aleja de mí eso que los médicos llaman dolor, pero me acuerdo que, bestia asediada por el fuego, alcé mi vaso frente a Belgrano, y moví la cabeza como si le escuchara, como si de lo que decía el buen hombre dependiese mi vida, como si le hubiese escuchado lo que transcribo ahora, aturdido, después de tragar una ración doble o triple de opio y alcohol, preguntándome para qué transcribo, ahora, lo que imagino dijo mi primo, que galopó no sé cuántas leguas para verme.

Escribí, bestia asediada por el fuego: Déjeme que le cuente algo acerca de vecinos expectables. Escribí que, en 1485, los vecinos expectables de Venecia, horrorizados por las pestes que el tráfico con Oriente descargó sobre la ciudad, y el temor a un irracional levantamiento del bajo pueblo, enviaron a un grupo de mercenarios, cuidadosamente seleccionado y severamente instruido, vestido con hábitos de peregrinos, a Montpellier, Francia, para que robara las reliquias de San Roque, abogado de los pestíferos. Los mercenarios, cuidadosamente seleccionados, severamente instruidos y generosamente pagados, robaron las reliquias de

San Roque, abogado de los pestíferos. El dux, el Senado, los sacerdotes, las monjas, los vecinos expectables que abrieron sus bolsas a los mercenarios, y el bajo pueblo, recibieron en triunfo las reliquias de San Roque, abogado de los pestíferos. Las crónicas abundan en información del tráfico con Oriente, a cargo de los vecinos expectables: el tráfico con Oriente, a cargo de los vecinos expectables, prosiguió y se expandió, la riqueza de los vecinos expectables aumentó y se consolidó, y la ciudad que se levanta sobre el agua vio cómo crecían nuevos, bellos y sombríos palacios, pagados con los beneficios del tráfico con Oriente. Curiosamente, las minuciosas crónicas omiten la mención de los milagros del abogado de los pestíferos. Sea paciente, primo, y la generala y los vecinos expectables harán el resto.

Belgrano me miró, en silencio, un largo rato, recto el torso en la silla. Después se inclinó hacia mí —de eso me acuerdo— y dijo:

—Me pareció...

¿Qué?, escribí.

¿Qué?, leyó él, y dijo enciendo una vela.

—Me pareció... —repitió Belgrano, que había inclinado su torso hacia mí.

¿Qué?, volví a escribir.

—Me pareció que sus ojos eran dos agujeros negros.

Belgrano me abrazó, los brazos blandos, su torso voluminoso y cálido echado sobre el mío, y me preguntó, despacio, en el oído:

—¿Y Angela?

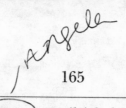

En un convento, escribí, la letra firme y apretada. Una muestra de consideración, hacia el doctor Juan José Castelli, de los señores del Triunvirato.

—¿Y ese mozo con el que se casó? —preguntó mi primo, abranzándome, el tibio aliento de su boca en mi cuello.

Esperan, escribí, ese mozo y los señores del Triunvirato, que me muera.

—¿Por qué, primo, por qué? —preguntó Belgrano, que galopó no sé cuántas leguas para verme, medio cuerpo echado sobre mí, incómodo en esa postura, la casaca desabrochada, el inútil sable de los desfiles colgándole de la voluminosa cintura, el pelo rubio ceniciento, sudado, sobre la frente blanca, y los labios que mintieron amor a las mujeres que amó, con galanura y apetito, en mi oído, y su tibio aliento en mi oído, por qué, primo, por qué.

Ellos o nosotros, escribí, bestia asediada por el fuego. Y que el Dios que invocan se apiade de ellos, porque nunca tendrán paz, escribí, la letra apretada y firme.

El general se irguió, se abrochó la casaca, se encajó lo que sea que llevan los generales en la cabeza sobre el pelo rubio ceniciento, sudado, y con el tono abstraído de voz que usó para decir tres veces salud, dijo:

—Castelli, no queme sus papeles. Buenas noches para usted, primo.

X

Miré a María Rosa, y escribí: Fumaría un cigarro. Nada me hará menos daño que fumar un cigarro.

Escribí: Para cuando el verano —que anuncian seco, duradero y maligno— caiga sobre esta ciudad, quedarás eximida, amiga mía, de tus preocupaciones por las indigencias que me recetó el doctor Cufré. Es una buena noticia para los dos: Cufré es su garante. Llamá, por favor, a un escribano.

María Rosa levantó la vista del cuaderno, y me miró. Y me besó. Y no lloró, la más leal de mis amigas. Salió del cuarto, y cerré los ojos, y esperé.

En la causa que me fue promovida por los señores del Triunvirato, los jueces, abogados y consejeros del contrarrevolucionario Liniers, preguntaron, a los testigos, si recibí regalos, obsequios en dinero o de otra especie, desde agosto de 1810 a octubre de 1811, en mi condición de representante de la Primera Junta en el ejército del Alto Perú. Los testigos declararon, hasta donde recuerda el doctor Castelli, que el doctor Castelli rechazó, en La Paz, un caballo con arneses de oro y otros obsequios de valor, y en Potosí, veinte mil pesos, a cambio de la libertad de Indalecio González de Socasa, un vecino expectable. El doctor Castelli, declararon los testigos, salió tan pobre como entró al ejército del Alto Perú. O más.

Lo dicho: no tengo un centavo en mis bolsillos, en los bancos, y donde se le ocurra a nadie que pueda guardar un centavo. De los gastos que mi enfermedad aún ocasiona, se encarga —no por patriotismo— el doctor Cufré. De los otros, los de la casa, no son un misterio, todavía, que se preste al rumor malévolo: corren por cuenta de la paciencia de los acreedores, y de las pocas joyas de María Rosa, que María Rosa empeñó.

Aclarado que no soy dueño de moneda alguna —sea de cobre, plata u oro—, ni de objetos de valor, cotizables en mercado alguno, ni de tierras, detallo lo que circunstancialmente poseo:

• Un ejemplar del Quijote, regalo de mi padre.

• Un libro, en inglés que me envió míster Abraham Hunguer, por encargo de la señora Belén Hunguer. Su título, *Romeo y Julieta*, me fue traducido por Agrelo.

• La traducción de Moreno, firmada por Moreno de *El contrato social*.

• La espada que cargué en Suipacha.

• Un juego de ajedrez de peltre.

• Un ídolo asiático, con un pito desmesuradamente largo, regalo de una patriota que conocí en el Alto Perú.

• Un poncho rojo, tejido por una de las mujeres de Antonio Vergara, con quien hablé, entre los escombros de Tiahuanaco, en el invierno de 1811.

• La copa de plata que me regaló la señorita Irene Orellano Stark, en el verano de 1807.

• Un estuche de laca negra, con dos pastillas de un veneno de acción rápida, que preparó mi padre en su laboratorio. Las dos pastillas, por efecto del tiempo transcurrido desde su preparación, son inofensivas.

• Un peine de marfil.

• Un frasco de cristal, que contiene leche de ángeles.

• Otro frasco de cristal, un poco más grande que el anterior. Dentro de él, conservado en alcohol, un pedazo de lengua que se pudre. Ese pedazo de lengua que se pudre perteneció al ciudadano Juan José Castelli, a quien se llamó, en otros tiempos, el orador de la revolución y, también, representante de la Primera Junta en el ejército del Alto Perú. Su valor como material de investigación científica es nulo, según opiniones dignas de ser atendidas. Quien fuera llamado el orador de la revolución se niega a que ese pedazo de lengua que se pudre sea objeto de la regocijada curiosidad de sus enemigos, y dispone que su hijo Pedro abandone, ese pedazo de lengua que se pudre, en el monte más cercano, para alimento de los caranchos.

• Dos casacas de paño azul.

• Cinco camisas. Una, muy gastada.

• Un largavista.

• La pistola con la que maté a la muerte, en una calle de piedra.

• Dos pistolas, que pertenecieron a Moreno, de corto alcance, que me regaló su viuda.

• Papeles que no comprometen a ninguno de mis amigos: mi diploma de abogado, por ejemplo. Papeles, entonces, para los enamorados de la nostalgia. Envueltos y atados con piolín negro. Se los encontrará en el último cajón de mi escritorio, a la derecha, en un sobre de cuero de venado, que el capitán Segundo Reyes, que vende pescado, arrebató a un oficial inglés, en las calles de Buenos Aires, el domingo 5 de julio de 1807, cuando no era el capitán Segundo Reyes, que vende pescado, sino un esclavo que, en las calles de Buenos Aires, peleó por su libertad. Hay una etiqueta, adherida al sobre de cuero de venado, que permite identificar, de inmediato, el contenido del sobre de cuero de venado. En la etiqueta se lee: *Papeles para limpiarse el culo.*

• Un espejo de mano, ovalado, con marco y mango de plata, regalo de otra patriota que frecuenté en el Alto Perú.

• *Diario del año de la peste*, de un tal Daniel Defoe, traducido del inglés por Agrelo.

• Una valija de cuero negro, con las manijas rotas.

• Un cuchillo de Sheffield, que el gringo Beresford regaló a S.R.P., una tarde de enero, en los riachos del Tigre, y que S.R.P. me regaló a mí, no sé por qué.

• El sobre de cuero de venado, cuando se desocupe.

- Dos cuadernos de tapas rojas: mi hijo Pedro les dará el destino que mejor le plazca*.
- Cuatro plumas que me sirvieron para escribir los dos cuadernos de tapas rojas.
- Un tintero con base de piedra.

Salvo los dos cuadernos de tapas rojas, todo lo que aparece en este inventario, sin excepción alguna, deberá repartirse entre los miembros de mi familia, mis amigos (que no nombro para evitarles nuevas persecuciones), y el capitán Segundo Reyes, que vende pescado, al gusto y preferencia de cada uno de ellos.

* N. de la E. *En la última página del segundo cuaderno de tapas rojas aparecen unas líneas que, sin lugar a dudas, fueron redactadas por Pedro Castelli, uno de los hijos del doctor Juan José Castelli. Son éstas:*

Querida Belén: Dispongo de contados minutos: los degolladores de Rosas me pisan, como se suele decir, los talones. Quieren mi cabeza, para clavarla en una pica. No me tomarán vivo: de eso estoy seguro.

Te envío, con un propio, al que trataste, dos cuadernos de tapas rojas. Pertenecieron a Castelli. Algunas páginas son indescifrables: han sido escritas en código. Las otras, Dios me perdone, exhalan un orgullo tan perverso que anonadan a quien las lee. Hacé de y con ellos lo que se te antoje.

Tu retrato, que me acompañó al ingresar al regimiento de granaderos del general San Martín, va con el propio. Quiero que sepas que te llevé en mi corazón desde muchacho, antes de conocerte. Castelli.

XI

Angela. Angela. Por favor, Angela.

N. de la E. *Cláusulas contractuales nos llevan a insertar, en el presente texto, las biografías de algunos amigos del doctor Juan José Castelli, que no figuran, por razones obvias, en los dos cuadernos del distinguido tribuno de Mayo, que éste usó para volcar sus pensamientos.*

Dichas biografías están precedidas por una introducción, a todas luces extemporánea. Oportunamente, daremos a conocer las objeciones que nos merecen unas y otra, cuya inclusión aceptamos, sin embargo, guiados por los presupuestos que rigen nuestro quehacer en el mundo de la cultura.

Kote Tsintsadze, antiguo bolchevique, preso en los campos de concentración de José Stalin, envía, a León Davidovich Trotzky, en el papel que utilizaban los detenidos para armar cigarrillos, la siguiente misiva: "Muchos, muchísimos de nuestros amigos y de la gente cercana a nosotros, tendrán que terminar sus vidas en la cárcel o la deportación. Con todo, en última instancia, esto será un enriquecimiento de la historia revolucionaria: una nueva generación aprenderá la lección".

Apéndice

relatos de
revolucionario

XII

Entre tantas preguntas sin responder, una será respondida: ¿qué revolución compensará las penas de los hombres?

Pedro José Agrelo. Nace el 28 de junio de 1776. Estudia en el colegio de San Carlos. Viaja a Chuquisaca (algunas fuentes hablan de una apasionada vocación sacerdotal) y se recibe de abogado. Baja a Buenos Aires y entra, año 1809, en la vía de la Revolución. Dirige, en 1811, *La Gazeta de Buenos Aires*. En 1812, es fiscal en el juicio a Martín de Alzaga. Participa en la Asamblea del año XIII. Traduce obras clásicas francesas; del inglés, *Procedimientos del Consejo de guerra instalado en Chelsea*. Se lo deporta, 1817, a EE.UU., junto a Manuel Moreno, Manuel Dorrego y otros. Regresa a Buenos Aires, 1820, y se desempeña como periodista de combate. Enrolado en el federalismo, y fiscal de cámara, es vigilado de cerca por agentes del gobierno de Juan Manuel de Rosas. Se lo encarcela. Logra emigrar a Montevideo. Desprecia propuestas para que retorne a Buenos Aires que le formulan emisarios del Restaurador de las Leyes. Muere el 23 de julio de 1846, a los 70 años, en la capital del Uruguay, rodeado por la más desoladora pobreza.

En una carta inacabada, no transcripta en los cuadernos, Castelli escribe: "Pero usted se topó, también, con Agrelo, que no pacta con nadie: ni consigo mismo, ni con el agua ni con el aceite. Es el más desesperado de todos nosotros, los empiojados, y la palabra desesperado no dice nada. Es el más implacable de todos nosotros, los empiojados, y la palabra implacable no dice nada".

Antonio Luis Beruti. Nace en Buenos Aires, el 2 de setiembre de 1772. Concurre a reuniones conspirativas en la casa de los Rodríguez Peña, y en la jabonería de Hipólito Vieytes. Partidario de Mariano Moreno, moviliza, con Domingo French, en las jornadas previas al 25 de mayo de 1810, a un grupo de adeptos, que recibe armas cortas, y que contribuye decisivamente a la instauración de la Primera Junta. Vota contra la monarquía. Funda el regimiento América. En el café de Marcos, cuartel general de los morenistas, organiza la oposición al saavedrismo. Luego de la asonada del 5 y 6 de abril de 1811, se le obliga a abandonar Buenos Aires. "Suba al Alto Perú —lo convoca Castelli—, y suban los amigos, y todos juntos, caigamos sobre esa ciudad maldita. No habrá excusa, entonces, que salve a los que creen que, instalando una comparsa de infatigables devoradores de carne asada frente al Cabildo, pueden malbaratar la tarea que se impuso la Junta. Porque esto, no se engañe, Beruti, es una guerra civil. El general San Martín, nombra, a Beruti, segundo jefe de su Estado Mayor, y elogia su participación en la batalla de Chacabuco. Beruti se pliega al unitarismo y, a los 69 años, revista a las órdenes del general Gregorio Aráoz de Lamadrid. Las tropas federales, al mando del general Angel Pacheco, derrotan a Lamadrid, en Rodeo del Medio, el 23 de setiembre de 1841. Beruti enloquece, y vaga, a caballo, por el escenario del combate. Los aguerridos soldados de Pacheco siguen, de lejos, al anciano, que habla a sombras que nadie ve. Muere el 11 de octubre de 1841.

Agustín José Donado. Nace en Buenos Aires, el 28 de agosto de 1767. Empleado administrativo en colonias guaraníes. Vota, con Castelli y Belgrano, por la deposición del virrey Baltasar Hidalgo de Cisneros. Partidario de Moreno, y triunfante el golpe del 5 y 6 de abril de 1811, se lo destierra a un remoto paraje del territorio argentino. Regresa a la actividad política, como diputado por San Luis. Miembro de la Sociedad Patriótica y de la Logia Lautaro, es un decidido colaborador del general José de San Martín. Muere el 13 de diciembre de 1831.

Domingo French. Nace el 12 de noviembre de 1774. En su juventud, es empleado de Correos. Lucha contra los invasores ingleses, y se le nombra teniente coronel del regimiento de infantería Río de la Plata. El y Antonio Luis Beruti dirigen el grupo (unos 600 hombres, denominados chisperos y, también, verdaderos) que rodea el Cabildo, el 25 de mayo de 1810, y que, con exhibición de dagas y pistolas, impone la nómina de integrantes de la Primera Junta. Jefe del piquete que ejecuta a Santiago de Liniers, escribe, en marcha hacia el Alto Perú, a una persona de su íntima confianza: "Este mundo es nuestro mundo; este país, nuestro país; esta sociedad, nuestra sociedad: ¿quién tomará la palabra si no la tomamos nosotros? ¿Quién pasará a la acción si no somos nosotros?". Se lo confina en Patagones, al ser derrotados los morenistas el 5 y 6 de abril de 1811. Participa, 1814, en la toma de Montevideo. Se lo deporta a EE.UU. por oponerse a la política directorial. Combate a los montoneros. Muere a los 51 años, el 14 de febrero de 1825.

Juan Hipólito Vieytes. Nace en San Antonio de Areco, el 12 de agosto de 1762. Estudia filosofía y jurisprudencia en el Real Colegio de San Carlos. No finaliza los estudios. En 1802, inicia la publicación del periódico *Semanario de Agricultura, Industria y Comercio.* Auditor de guerra en el ejército del Alto Perú, resiste la orden de ejecución, impartida por la Primera Junta, de Santiago de Liniers y sus cómplices, y es sustituido por Juan José Castelli. En 1815, una revuelta militar triunfante dispone su expatriación. El director Ignacio Alvarez Thomas intercede, quizá más tarde que temprano, y el publicista, el compañero tenaz de las reuniones en su fábrica de jabón, en la chacra de Castelli, y en la casa de los Rodríguez Peña, vuelve a Buenos Aires, y muere, en San Fernando, el 7 de octubre de 1815.

Ignacio Javier Warnes. Nace en Buenos Aires, en 1771. Elige la carrera de las armas, y con el grado de subteniente defiende su ciudad natal de los invasores ingleses. Secretario de Manuel Belgrano en la expedición al Paraguay. En 1811, es ascendido a teniente, y a las órdenes de Belgrano se bate en Tucumán y Salta, en Vilcapugio y Ayohuma. Mantiene, secretamente, tres largas reuniones con Juan José Castelli, poco después de que éste es operado del tumor que lo llevaría a la tumba. En la parte de los archivos del general Bartolomé Mitre que no fue abierta al público, figura una carta de Juan José Castelli a Warnes, donada por Angela Castelli, viuda de Igarzábal, que dice: "Cuando suba al Alto Perú, busque a Antonio Vergara, hombre de gran predicamento entre los naturales de la región, y que habla, sin dificultad aparente, el aymará, el quichua, el portugués, inglés y francés, y, acaso, el alemán.

"Ese viejo brujo, sentado frente a mí, las piernas cruzadas, se preguntó, en el español más perfecto que yo jamás había escuchado, eco de qué, sombra de qué eran el pasado, ese fuego que nos alumbraba y calentaba, el silencio de Tiahuanaco, el silencioso vacío de esa despoblada ciudad de piedra; eco de qué, sombra de qué éramos yo y el presente, y él, que jadeaba el español más perfecto que yo nunca había escuchado hasta entonces, y los ejércitos que dormían al pie de la ciudad de piedra, y la irrisoria algarabía que levantan los bandos de libertad de la Junta, difundidos en el aymará, quichua y español más imperfectos que él haya escuchado nunca; eco de qué y sombra de qué imagen, que retorna y se extingue en el tiempo que no se extingue, es el futuro que esos bandos anuncian; eco de qué y sombra de qué es el hombre que abomina de la igualdad y el hombre que la proclama, que no son anteriores a las estrellas, y que morirán antes de que mueran las estrellas.

"Escuché al viejo brujo, en esa larga y fría noche, y miré su vieja boca, que preguntó lo que preguntó, y miré su viejo cuerpo que, en la vieja Europa, se codeó con individuos que jugaron en las rodillas de Rousseau, que eran, casi, contemporáneos de Voltaire y Diderot, y que soñaron lo que pocas mentes humanas se animaron a soñar, y que vieron, a sus sueños, por un trémulo instante, posarse sobre la carne de los hombres y, al instante siguiente, a los hombres, despedazarlos, por una lonja de salchichón. Cuando terminé de mirar la boca y el cuerpo del viejo, le dije, despacio, como si hablase a un niño que duerme: Muy bien: ¿qué hace aquí, Antonio Vergara? El viejo movió las manos, por encima de las llamas de la fogata, para calentárselas, creo, y habló para sí mismo, como si estuviese solo en el universo: Estoy aquí porque aquí está, todavía, la esperanza de que lo que me pregunto no sea la única verdad posible... siempre.

"Insisto en mi recomendación, Warnes; no deje de buscar al viejo brujo. Peleará de nuestro lado, le será utilísimo, y usted aprenderá de él". Warnes parte hacia Santa Cruz de la Sierra: allí lo envía Belgrano, primo de Castelli. Alto y bien constituido, soporta, sin mayores molestias, los rigores del clima. Implanta la fabricación de pólvora. Sus hombres, mal entrenados, son batidos por los españoles. Arenales y Warnes logran, por fin, vencer a los realistas en Florida. Warnes ocupa Santa Cruz. Da libertad a los esclavos, que forman en los cuerpos de Pardos y Morenos, y derrota, nuevamente, a los realistas en Chiquitas. El coronel Francisco Javier Aguilera, nacido en Bolivia, se hace cargo de las operaciones de los batallones españoles que enfrentan a Warnes. Guerra de guerrillas en la región de La Laguna, que Warnes libra con notable eficacia. El 21 de noviembre de 1816, Aguilera lo ataca. La batalla dura seis horas. Warnes, al frente de los suyos, carga a la bayoneta, y una bala de cañón le mata el caballo, y los realistas matan a Warnes, y clavan su cabeza en una pica, que es expuesta en la plaza principal de Santa Cruz. Hoy, en ese lugar, un monumento presume recordar su memoria.

Muchos años después de finalizada la guerra de la independencia, en 1839, la cabeza de Pedro Castelli, clavada en una pica por las triunfantes tropas del brigadier general Juan Manuel de Rosas, es ofrecida a la contemplación de los habitantes del poblado bonaerense de Dolores. La leyenda, que aún circula por esos pagos sureños, dice que manos femeninas arrancaron, del hierro de la pica, el despojo. Pese a las intensas y prolongadas batidas de los soldados federales, ni la calavera de Pedro Castelli ni la mujer, fueron halladas.

Títulos disponibles

Ciudades desiertas
José Agustín
0-679-76336-8

El fiscal
Augusto Roa Bastos
0-679-76092-X

La tregua
Mario Benedetti
0-679-76095-4

Duerme
Carmen Boullosa
0-679-76323-6

La guerra de Galio
Héctor Aguilar Camín
0-679-76319-8

Las armas secretas
Julio Cortázar
0-679-76099-7

Konfidenz
Ariel Dorfman
0-679-76333-3

El naranjo
Carlos Fuentes
0-679-76096-2

Viejo
Adriano González León
0-679-76337-6

El fantasma imperfecto
Juan Carlos Martini
0-679-76097-0

Arráncame la vida
Ángeles Mastretta
0-679-76100-4

Un baile de máscaras
Sergio Ramírez
0-679-76334-1

La orilla oscura
José María Merino
0-679-76348-1

El desorden de tu nombre
Juan José Millás
0-679-76091-1

Los buscadores de oro
Augusto Monterroso
0-679-76098-9

Cuando ya no importe
Juan Carlos Onetti
0-679-76094-6

La tabla de Flandes
Arturo Pérez-Reverte
0-679-76090-3

Frontera sur
Horacio Vázquez Rial
0-679-76339-2

La revolución es un sueño eterno
Andrés Rivera
0-679-76335-X

La sonrisa etrusca
José Luis Sampedro
0-679-76338-4

Nen, la inútil
Ignacio Solares
0-679-76116-0

Algunas nubes
Paco Ignacio Taibo II
0-679-76332-5

La virgen de los sicarios
Fernando Vallejo
0-679-76321-X

El disparo de argón
Juan Villoro
0-679-76093-8

*La revolución es un sueño eterno*terminó de imprimirse
en abril de 1995 en Litográfica Ingramex, S.A. de C.V.
Centeno 162, Col. Granjas Esmeralda, 09810
México, D.F.